書下ろし

阿修羅《あしゅら》

首斬り雲十郎⑤

鳥羽 亮

祥伝社文庫

目次

浅草寺
阿部川町
下谷
不忍池
筋違御門
浅草御門
柳橋
両国橋
本所
昌平橋
両国広小路
竪川
大川
江戸橋
日本橋
日本橋小網町
小名木川
楓川
京橋
深川
永代橋
八丁堀
本湊町
新シ橋
木挽町
西本願寺

『阿修羅 首斬り雲十郎』の舞台

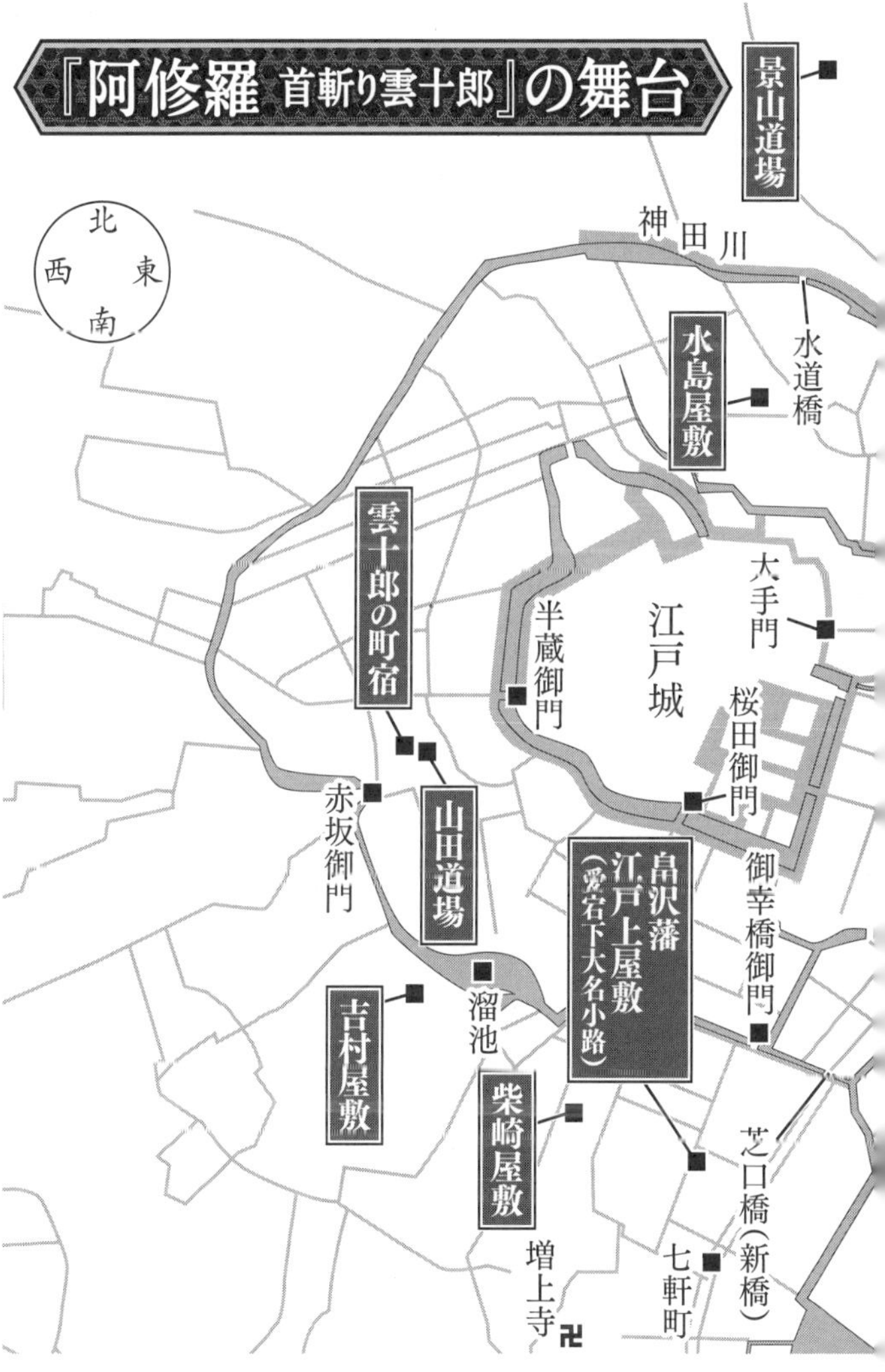

第一章　介《かい》錯《しやく》

1

「こちらで、ございます」

柿沼藤左衛門《かきぬまとうざえもん》は、先にたって中庭にむかった。緊張しているのか、声に昂《たかぶ》ったひびきがある。

鬼塚雲十郎《おにづかうんじゅうろう》と馬場新三郎《ばばしんざぶろう》が、柿沼の後につづく。ふたりは羽織袴《はおりはかま》姿である。雲十郎は、介錯に遣《つか》う大刀を腰に帯《お》びていた。馬場は小刀だけである。雲十郎たちは、切腹の場に行くところだった。

八ツ（午後二時）ごろだった。曇天《どんてん》で風もなく、重苦しいような静寂《せいじゃく》が屋敷内をつつんでいる。

そこは、旗本、柴崎宗右衛門《しばさきそうえもん》の屋敷だった。柴崎家は二千石の大身で、宗右衛門は三年前まで御側衆《おそばしゅう》という幕府の重職にあった。御側衆は将軍の側で政《まつりごと》にあたり、役高は五千石、老中待遇《たいぐう》である。

ただ、柴崎は三年前、持病の癪《しゃく》のために役職を辞し、いまは療養中だった。病は重く、ちかごろは寝間で休んでいることが多かった。

「戸賀《とが》どのの覚悟のほどは」

雲十郎が訊《き》いた。

雲十郎は切腹の介錯人として来ていた。馬場は介添《かいぞ》え役である。これから、柴崎家に仕《つか》える家士の戸賀重次郎《しげじろう》が、中庭で腹を切ることになっていたのだ。

介錯人にとって、切腹者が腹を切る覚悟ができているかどうかは、重要なことだった。いかに、介錯人の腕がよくても、切腹者にその覚悟がなく、喚《わめ》いたり暴れたりすれば、うまく首を落とすことはできない。場合によっては、下男たちに切腹者の体を押さえ付けさせ、刀を首に当てて押し斬りにすることもある。こうなったら、切腹というより、処刑である。

「覚悟はしているようですが……。潔《いさぎよ》く腹を切るかどうかは……」

柿沼が語尾を濁《にご》した。

柿沼は柴崎家に仕える用人だった。五十がらみ、丸顔で細い目をしていた。その顔が困惑したようにゆがんでいる。

「戸賀は、まだ若いと聞いているが、いくつになる」

馬場が訊いた。

「二十四でございます」

「酔って、辻《つじ》斬りと勘違いをして、柴崎さまの弟御に斬りつけたというが、まことなのか」

馬場は、首をかしげた。すぐには、信じられなかったのだろう。

吉村恭之助《よしむらきょうのすけ》は、柴崎宗右衛門の歳の離れた弟だったが、吉村家に婿《むこ》に入ったため、吉村姓になったのである。その吉村が柴崎家に来た帰り道、戸賀は酒に酔って吉村に斬りつけて怪我《けが》を負《お》わせたという。それで、戸賀は腹を切ることになったらしい。

「まァ、おれたちは幕府の目付でもないし、町方でもないからな。……戸賀の首を落とせば、それでいいわけだ」

馬場は、雲十郎に目をやり、

「そうだな、鬼塚」

と、声をかけた。

雲十郎は無言でうなずいた。

「そこが、切腹の場です」

柿沼が指差した。

中庭の一角が掃《は》き清められ、白幕が張られていた。幕のなかで、かすかに人声が聞こえた。柴崎家に仕える者たちが集まっているらしい。

雲十郎と馬場は、陸奥国《むつのくに》、畠沢藩《はたざわはん》の家臣だった。ふたりとも江戸詰で、役柄は徒士《かち》である。畠沢藩士のふたりが、切腹の介錯人と介添えのために、大身の旗本屋敷に来ているのには、それなりの理由があった。

十日ほど前、畠沢藩の江戸家老、小松東右衛門《こまつとうえもん》が雲十郎を呼び、

「鬼塚、おりいって、頼みがある」

と、戸惑《とまど》うような顔をして言った。

「実は、切腹の介錯を頼みたいのだ」

「藩士でございますか」

雲十郎は、驚かなかった。それというのも、雲十郎は徒士ではあったが、畠沢藩の介錯人として、藩士が切腹をするおりに介錯人を務めてきたのである。

雲十郎が畠沢藩の介錯人になったのは、畠沢藩が腕のたつ介錯人を必要としたからである。

畠沢藩は、七万五千石の外様大名だった。藩主は、倉林阿波守忠盛《くらばやしあわのかみただもり》である。

まだ、雲十郎が国許で徒士の任務にあたっていたころ、先手組の後藤《ごとう》という藩

士が、城下で酒を飲んで泥酔《でいすい》し、ささいなことで藩士のひとりと言い争いになり、相手を斬り殺してしまった。

後藤は切腹を命ぜられ、城下の寺の境内《けいだい》で、腹を切ることになった。そのおり、介錯人に選ばれたのが、藩内で剣の達人として知られていた富沢《とみざわ》という藩士だった。

ところが、富沢は介錯人の役を果たせなかった。介錯の経験のなかった富沢は、緊張して体が硬《かた》くなり、後藤の首ではなく、後頭部を斬りつけてしまったのだ。その上、刃筋がたっていなかったために、斬ることもできず、後頭部を刀で強打した恰好《かっこう》になった。

焦《あせ》った富沢は、二度、三度と刀をふるったが、後藤の顎《あご》や肩先を斬りつけただけで、首を落とすことはできなかった。後藤は血塗《ちまみ》れになり、絶叫《ぜっきょう》を上げて、地面をのたうちまわった。

慌てた富沢や介添え役の者たちは、後藤を取り押さえ、首を押し斬りしてやっと命を絶《た》つことができた。

この切腹の様子を聞いた藩主の忠盛は、激怒し、

「わが家中には、切腹の介錯のできる者はおらぬのか！」

と声を荒らげて言い、城代家老の粟島与左衛門《あわしまよざえもん》に、腕のいい介錯人を養成するよう命じた。

粟島が、藩士のなかから選んだのが、雲十郎だった。

当時、雲十郎は若く、しかも藩内では名の知れた田宮《たみや》流居合の遣い手だった。さらに、都合のいいことに、雲十郎はわずか三十五石の徒組だった。家禄が高く、要職にある者に斬首や介錯のための修行をさせるのはむずかしいが、雲十郎のような軽格の者なら命じやすいのだ。

粟島は雲十郎に出府させ、外桜田《そとさくらだ》平川町《ひらかわちょう》にある山田浅右衛門《やまだあさえもん》（朝右衛門とも）吉昌《よしまさ》の道場に入門を命じた。浅右衛門は、世に首斬り浅右衛門と呼ばれて恐れられた男である。

山田家は代々、小伝馬町《こでんまちょう》の牢屋敷内において罪人の斬首をおこなっていた。そのため、首を打つための刀法、斬首に臨《のぞ》むおりの心の持ちようなどが、長年に亘《わた》って工夫《くふう》されてきた。

そうしたことがあって、山田道場では他の剣術道場とちがい、斬首、介錯、試刀（試し斬り）などの稽古《けいこ》が行われていたのだ。

粟島は城代家老になる前、江戸家老だったので、山田浅右衛門や山田道場のことを知っていた。それで、雲十郎を山田道場に入門させ、斬首や介錯のための刀法や作法を学ばせようとしたのだ。

こうした経緯があって、雲十郎は徒士ではあったが、畠沢藩の介錯人として切腹にかかわってきたのである。


江戸家老の小松が、雲十郎に旗本に仕える家士の切腹の介錯を頼んだのは、畠沢藩とのかかわりでなく、小松の私的な理由からだった。

小松の娘の佐江《さえ》が、柴崎に嫁《とつ》いでいて、小松は柴崎の義父であった。ただ、佐江は柴崎の正室が亡くなった後、若くして後妻になったこともあり、義父といっても小松と柴崎はほぼ同年であった。それに、大名家の江戸家老と旗本という立場もあって、あまり行き来をしていなかった。

その小松のところへ、柴崎家から介錯人を紹介して欲しいとの話があったのだ。それで、小松は雲十郎を呼んで、

「藩の任務ではないが、何とか引き受けてくれんか」

と、心苦しそうな顔をして頼んだ。

「お引き受けいたします。……まだ、未熟ですが、ご家老のお役にたてれば、幸

いでございます」

そう言って、雲十郎は引き受けた。胸の内には、これも、修行のひとつだ、という思いがあったのである。

2

雲十郎たちは、白幕の間から切腹の場に入った。

地面に砂が撒《ま》かれ、掃き清められていた。その地面に、縁《ふち》なし畳《たたみ》が二枚並べられ、白屛風《しろびょうぶ》が立てられていた。そこが、腹を切る場所である。

その切腹の場からすこし、離れた場所に茣蓙《ござ》が敷かれ、十人ほどの武士がこわばった顔で座していた。柴崎家に仕える家士や若党たちである。

雲十郎たちが切腹の場に姿をあらわすと、家士たちの間で聞こえていた私語がはたとやんだ。

集まっている家臣たちは、無言のまま雲十郎たちに目をむけている。

正面には、屋敷の縁側につづいて座敷があり、そこに座布団が数枚並べられていた。人影はなかったが、おそらくそこに柴崎や主だった家臣が座り、戸賀の切腹を見届けるのだろう。

雲十郎は、切腹者が座る場所と介錯人の立つ位置に目をやってから、切腹の場の周囲を見渡した。切腹の邪魔になる物はないか確かめたのである。曇天で風もなかったので、陽射しや風向きを心配する必要はなかった。

「あそこが、おれの場所か」

馬場が、切腹の場からすこし離れた場所を指差した。松の樹陰に、柄杓《ひしゃく》を入れた手桶《ておけ》が置いてある。

介添え役の馬場は、雲十郎が切腹に遣う刀に、手桶の水をかけるのが今日の任務だった。その後は、雲十郎の背後にひかえている。出番はそれだけだが、雲十郎が介錯を為損《しそん》じたときは、大変である。その場の状況に応じて、切腹者を押さえ付けたり、組み伏せたりしなければならない。

馬場は雲十郎と同じ徒士であり、鏡《きょう》新明智流《しんめいち》の遣い手ということもあって、介添え役を引き受けることが多かった。

鏡新明智流の道統は代々桃井春蔵《もものいしゅんぞう》を名乗り、南八丁堀大富町蜊河岸《みなみはっちょうぼりおおとみちょうあさりがし》に士学館《しがくかん》と呼ばれる道場を構えていた。士学館は大道場で、千葉周作《ちばしゅうさく》の玄武館《げんぶかん》、斎藤弥九郎《さいとうやくろう》の練兵館《れんぺいかん》などと並ぶ名門である。

馬場は十八歳のおりに江戸詰を命じられ、江戸に住むようになってから藩に願い出て、士学館に通ったのだ。

「そろそろ、支度《したく》するか」

雲十郎が、馬場に声をかけた。

ふたりは羽織を脱《ぬ》ぎ、襷で両袖を絞り、袴の股だちをとった。ちょうど、支度を終えたとき、正面で畳を歩く足音がした。

「殿がお見えです」

柿沼が小声で言った。

見ると、五人の武士が正面の座敷に入ってきた。女の姿はなかった。初老の武士が、ふたりの家臣に、両側から支えられて縁側の近くに歩み寄った。小紋の羽織を肩にかけ、白い帯で頭を縛《しば》り、乱れた髷《まげ》や鬢《びん》を押さえている。柴崎宗右衛門らしい。

柴崎は、遠目にもひどく憔悴《しょうすい》しているように見えた。肉を抉《えぐ》り取ったように頬《ほお》がこけ、頬骨が突き出ていた。自力では歩けないらしく、ふたりの家臣に支えられ、よたよたと歩いている。寝所で休んでいたが、何とか起きて、ここまで来たのであろう。

柴崎の後ろに、三十がらみと思われる武士がいた。羽織袴姿で、家臣たちより拵《こしら》えがよかった。すこし、前屈《まえかが》みになり、左手で胸の辺りを押さえている。

「柴崎さまの後ろにおられる方は、どなたかな」

馬場が、小声で柿沼に訊いた。

「吉村さまでございます」

「戸賀に斬られた吉村恭之助どのか」

「そうです」

「手で胸の辺りを押さえているが、傷のせいか」

「はい……」

柿沼が小声で、一月ほど前、吉村は袈裟《けさ》に肩から胸にかけて斬られ、しばらく自邸で静養していたが、やっと出歩けるようになり、柴崎家にも姿を見せるようになったという。

柴崎と吉村は、座敷に腰を下ろした。家臣たちは、ふたりの背後にひかえている。

雲十郎と馬場は縁側に近付き、柴崎に一礼してから、

「介錯をつかまつる鬼塚雲十郎にございます」

雲十郎が名乗り、

「介添え役の馬場新三郎でございます」

と、馬場がつづいた。

ふたりは、畠沢藩士であることは、口にしなかった。今日は、畠沢藩士としてではなく、介錯人と介添え役として来ていたのだ。

「ご、御苦労だな。頼むぞ……」

柴崎が声をつまらせて言うと、脇にいた吉村が、

「お頼みします」

と、小声で言い添えた。

近くで見ると、吉村の細い目や口許《くちもと》辺りが柴崎に似ていた。歳は離れているが、兄弟にまちがいないようだ。

雲十郎と馬場は、あらためて頭を下げてから切腹の場にもどった。

そのとき、白幕の端が持ち上げられ、四人の武士が姿を見せた。先頭に、浅葱《あさぎ》色で無紋の肩衣《かたぎぬ》に白小袖を着た男がいた。戸賀重次郎である。

戸賀は、二十代半《なか》ばであろうか。瘦身《そうしん》で面長《おもなが》だった。鼻梁《びりよう》が高く、薄い唇をしていた。その顔が蒼《あお》ざめ、ひき攣《つ》ったようにゆがんでいる。体が顫《ふる》え、腰がふ

らついていた。目がつり上がり、低い呻《うめ》き声を洩《も》らしている。

戸賀に三人の武士が、連れ添っていた。両脇にふたり、背後にひとり、いずれも羽織袴姿である。三人とも、柴崎家に仕える家士であろう。

……腹を切る覚悟はできていないようだ。

雲十郎は胸の内でつぶやいた。

切腹の場は、水を打ったような静寂につつまれていた。家士や座敷にいる柴崎たちの目は、戸賀にそそがれている。

切腹の場にあらわれた四人は、地面に敷かれた畳の前まで来ると、戸賀の両脇に付き添ったふたりの家士が、戸賀に白屛風の前に座るよううながした。

戸賀は立ったまま動かなかったが、ふたりの武士が戸賀の手を取り、敷かれた畳の上に上げると、戸賀は白屛風を背にして座った。

戸賀に付き添っていた三人の家士が身を引くと、代わって柿沼が近付き、

「戸賀重次郎、何か言い残すことはあるか」

と、小声で訊いた。

「う、うぬに、言うことなどない」

戸賀が憎悪に顔をゆがめて言った。戸賀は、その場から立ち上がるような気配

を見せたが、思いとどまった。逃走する気は、ないようだ。

「戸賀、武士らしく腹を切れ」

柿沼は静かだが、重いひびきのある声で言い置き、その場から身を引いた。

柿沼に代わって、別の家士が三方《さんぽう》を運んできた。三方には奉書紙でつつんだ短刀が載せてある。短刀は、切腹のおりに遣われる白鞘の九寸五分（約三十センチ）である。

3

「馬場、行くぞ」

雲十郎が小声で言うと、馬場は無言でうなずいた。

ふたりは、切腹の場の脇に置かれている手桶のそばに行き、雲十郎が腰に帯びた刀を抜いた。

刀身が澄《す》んだひかりをはなっている。石堂是一《いしどうこれかつ》の鍛《きた》えた名刀だった。浅右衛門から借りたものである。

是一は、幕府お抱えの刀鍛冶《かたなかじ》だった。浅右衛門は、是一が鍛えた刀の試刀を引き受けていたこともあって、是一の刀を何振りか所持していた。

浅右衛門は、介錯のおりは名のある刀を遣えと言って、雲十郎が介錯をするときは是一の刀を持たせることが多かったのだ。

是一は、刀身の地肌が深く澄み、刃文は逆丁子乱《ぎゃくちょうじみだ》れで覇気に富んでいた。丁子乱れとは、刃文が丁子の花に似ていることからそう呼ばれるようになったもので、逆丁子乱れは、丁子乱れが逆になったものである。

雲十郎は刀身を馬場の前に差し出した。

すぐに、馬場が柄杓で手桶の水を汲《く》んで、刀身にすこしずつかけた。水は、スーと刀身をつたい、切っ先から細い筋を引いて落ちていく。

雲十郎は、刀を手にしたまま切っ先から落ちる水を見つめていた。介錯する前に刀身に水をかけるのは、血糊《ちのり》がつかないようにするためだが、雲十郎にはもうひとつ別の目的があった。

切っ先から落ちる水の滴《しずく》を見つめることで、己の胸の内の気の昂りを静めるのだ。介錯するおりに、どれだけ平常心で臨めるかも介錯人の腕のひとつである。

雲十郎は是一を手にしたまま戸賀に近寄った。戸賀はひき攣った顔をして雲十郎を睨《にら》むように見つめている。

切腹の場は、咳《しわぶき》ひとつ聞こえなかった。どんよりと曇《くも》った空の下で、重苦しい沈黙が切腹の場をつつんでいる。

「鬼塚雲十郎でござる。……介錯つかまつる」

雲十郎は名乗ったが、畠沢藩士であることも、柴崎家とのかかわりもまったく口にしなかった。

「う、うぬは、何者だ」

戸賀が声を震わせて訊いた。

「それがし、介錯人でござる」

雲十郎はそう言うと、手にした刀身を戸賀に見せ、

「これなるは、是一が鍛えし、二尺三寸（約七十センチ）にございます。これにて、介錯つかまつります」

と、静かな声で言った。

介錯人が、切腹者に介錯刀を知らせることはよくあることだった。切腹する者のほとんどは武士なので、自分の首を斬る刀が名刀であることを聞くと、それなりに満足するのである。

だが、戸賀の顔から憎悪と恐怖の色は薄れなかった。そればかりか、戸賀は憎しみの籠《こも》った目で雲十郎を見すえ、

「お、おれの首を斬れば、おぬしの首も斬られるぞ。……首を斬られる覚悟があるなら、斬ってみろ」

と、声を震わせて言った。

雲十郎は表情を動かさなかった。切腹や斬首の場に臨んで、泣き叫び、喚《わめ》き、怨嗟《えんさ》や呪詛《じゅそ》の言葉を口にする者は、すくなくなかったのだ。

「戸賀どの、襟《えり》をひらかれい」

雲十郎が静かな声で言った。

「…………」

だが、戸賀は両襟をつかもうともしなかった。

「このまま、首を刎《は》ねることになるぞ」

雲十郎の声に、強いひびきがくわわった。

すると、戸賀が震える手で肩衣をはねた。そして、両襟をつかんだ。

雲十郎はゆっくりとした動きで、刀身を振り上げ、八相《はっそう》に構えた。

戸賀が低い呻き声を洩らしながら両襟をひらくと、胸から腹にかけてあらわに

なってきた。

雲十郎の全身に気勢が満ち、雲十郎の白皙《はくせき》が朱を帯びてきた。いまにも、斬り下ろしそうである。

切腹のおりに、介錯人が首を斬る機会はいくつもあった。その機のとらえ方によって、「三段の法」「四段の法」「九段の法」などと呼ばれている。いずれにしろ、切腹者が短刀を手にしたときから、己で腹を十文字に斬るまでの間である。

雲十郎は、戸賀の顔の表情と手の動きに目をむけていた。斬首の機を、とらえようとしていたのだ。

戸賀が両襟をひらき終え、三方の上の短刀に手を伸ばそうとしたとき、チラッ、と視線が雲十郎にむけられた。

……殺気だ！

雲十郎は、戸賀に殺気を感じた。

戸賀は短刀を手にし、斬りかかってくるつもりだ、と雲十郎は察知した。

戸賀を左手で短刀をつかみ、つづいて右手を伸ばし、短刀の柄をつかんで抜こうとした。刹那《せつな》、雲十郎の刀が一閃《いっせん》した。

雲十郎は戸賀が斬りかかる寸前をとらえたのである。

にぶい骨音がし、ガクリと戸賀の首が前に落ちた。次の瞬間、戸賀の首から、血が赤い帯のようにはしった。

首の血管《ちくだ》から勢いよく噴出した血は、そばにいる者の目に赤い帯のように映る。血は心ノ臓の鼓動に合わせ、何度か勢いよく噴出した後、首筋からタラタラと流れ落ちるだけになった。

戸賀は首を前に垂らし、座したまま絶命していた。雲十郎は喉皮《のどかわ》だけを残し、戸賀の首を落としたのである。

切腹の場は、水を打ったような静寂につつまれていた。家士たちも座敷にいる柴崎たちも息を呑《の》んで、首を落とされた戸賀の凄絶《せいぜつ》な死体に目をむけている。

「戸賀どのは、見事に腹をめされました」

雲十郎は静かな声で言い、その場から離れた。切腹者が、見事に割腹したように見せるのも、介錯人の仕事のひとつである。

4

「それにしても、見事な介錯でしたね」

谷村稲三郎《たにむらとうざぶろう》が昂った声で言った。

「まったくだ。おれは、戸賀は腹を切らずに、あの場で暴れ出すのではないかとみていたのだ。……それが、見事に切腹したように見えたからな」

霜田弥之助《しもだやのすけ》が言った。

ふたりは、柴崎家に仕える家士だった。谷村は若く二十一歳だった。霜田は三十代半ばである。

雲十郎が、戸賀の首を落とした三日後だった。ふたりは用人の柿沼に頼まれ、吉村家へ行くところだった。吉村が柴崎家に忘れていった羽織を届けるのである。

吉村は迂闊《うかつ》なところがあり、柴崎家で脱いだ羽織を置いたまま、小袖に袴姿で帰ってしまったのだ。もっとも、吉村には柴崎家は生まれ育った実家という気持ちが残っていて、忘れていってもわざわざ取りにくるようなことはなかった。今度来たときに、着て帰ればいい、とでも思っているのかもしれない。

吉村家は七百石の旗本だった。吉村は、非役である。二千石の柴崎家からみれば、吉村家は小身だが、それでも次男坊の恭之助が、七百石の旗本の家を継《つ》ぐことができたのだから幸運といえるのかもしれない。

柴崎家は愛宕《あたご》下の車坂町《くるまざかちょう》近くにあり、吉村家は赤坂新町《あかさかしんまち》にあった。柴崎家から大名屋敷や大身の旗本屋敷のつづく表通りに出て、溜池《ためいけ》沿いの道を西にむかえば、赤坂新町はすぐである。

「戸賀は、なぜ吉村さまに斬りかかったりしたんでしょうか」

谷村が腑《ふ》に落ちないような顔をした。

戸賀は捕《とら》えられた後の訊問《じんもん》のおりに、泥酔し、吉村を辻斬りと勘違いして斬りかかったと話したのだ。

「酔ったからではないな」

霜田が声をひそめて言った。

「暮れ六ツ（午後六時）過ぎ、戸賀は人影のない通りで、いきなり斬りかかったそうですよ」

「戸賀は、吉村さまをひそかに殺そうとしたのかもしれんぞ」

「暗殺ですか」

「そうだ。牧川《まきかわ》さまが、通りかからなければ、戸賀は吉村さまを殺して逃げていたぞ」

霜田が言った。

牧川佐太夫《さだゆう》は、柴崎家の近くに屋敷のある八百石の旗本だった。たまたま、数人の家士を連れて屋敷に帰る途中、吉村に斬りかかっている戸賀を目にし、家士たちに命じて吉村を助け、戸賀を取り押さえたのだ。

「なぜ、戸賀は吉村さまを殺そうとしたのでしょうか」

「おれは、柴崎家の家督《かとく》相続にかかわる争いではないか、とみている」

「家督相続ですか」

「そうだ。……まことに残念だが、殿のお命はそう長くないだろう。殿がお亡くなりになった後、二千石の柴崎家は、だれが継ぐのだ」

「松太郎君《まったろうぎみ》では……」

「まだ、松太郎さまが家を継がれるのは、無理だ」

柴崎と奥方の佐江との間には、ふたりの子がいた。嫡男《ちゃくなん》の松太郎は十歳、長女の菊乃《きくの》は十三歳である。柴崎の先妻は子ができないまま亡くなり、その後、柴崎は佐江を後妻にむかえてふたりの子をもうけたが、まだ嫡男の松太郎は元服もしていなかった。

「十歳では、無理か」

谷村がつぶやいた。

「それで、殿がもしもの場合は、松太郎さまが元服されるまでの間、吉村さまに後見人になってもらったらどうか、との話がいろんな方からあったようなのだ」

そうした話は、親戚筋や柴崎が御側衆をしていたころ昵懇《じっこん》にしていた幕閣からあったという。

「いい話ではないですか。吉村さまは、穏やかで優しいお方だし、松太郎君も懐《なつ》いているようだし、きっとうまくいきますよ」

谷村が声を大きくして言った。

「奥方も口にしないが、吉村さまに後見人になっていただきたいようなのだが……」

霜田が語尾を濁した。

「吉村さまでは、駄目なのですか」

谷村が霜田に顔をむけて訊いた。

「ところが、親戚筋のなかに、吉村さまを後見人にするどころか、松太郎さまに柴崎家を継がせることにも、反対している方がいるらしいのだ」

「その親戚筋というのは、だれなんです」

谷村が訊いた。

「口外するなよ」

霜田が谷村に身を寄せ、声をひそめて言った。

「は、はい……」

「叔父《おじ》の水島源左衛門《みずしまげんざえもん》さまだ」

「水島さま……。五百石の旗本と聞いていますが」

「そうだ。水島さまのお屋敷は、神田小川町《かんだおがわまち》にある」

「まさか、水島さまが、後見人になられるおつもりでは」

谷村が驚いたような顔をして言った。

「分からない。……おれも、それ以上のことは知らないのだ」

そこでふたりは口をつぐみ、いっとき黙ったまま歩いていたが、

「霜田どの、戸賀は水島さまに指示され、吉村さまを亡き者にしようとして襲ったのではないですか」

谷村がうわずった声で言った。

「谷村、迂闊にそんなことを口にするな。……だれが、聞いているか分からんぞ。それに、推測だけで、お家の大事をとやかく言わない方がいい。水島さまは、戸賀と会ったことすらないかもしれないぞ」

霜田が顔をけわしくして言った。

「そ、そうですね」

谷村が首をすくめた。

ふたりは、そんなやり取りをしながら歩き、溜池沿いの通りまで来ていた。

溜池沿いの通りは、人影がすくなかった。ときおり、供連れの武士や風呂敷包みを背負《せお》った行商人などが通りかかるだけである。

通りの右手には溜池の水面がひろがり、池の岸際には葦《あし》や芒《すすき》などが群生していた。通りの左手には桐畑がつづき、大きな桐の葉の深緑に埋まっている。

5

「霜田どの、後ろの男、ずっと尾《つ》けてきますよ」

谷村が霜田に身を寄せて言った。

霜田は背後を振り返り、

「雲水《うんすい》のような大男か」

と、訊いた。

六尺はあろうかという巨漢だった。雲水笠に墨染めの衣、手甲脚半《てっこうきゃはん》に草鞋履《わらじば》きである。胸のところに、方形の大きな布袋を下げていた。いただいたお布施《ふせ》を入れておく袋であろうか。

「そうです。愛宕下の通りを歩いているときから、ずっと後ろにいました」

「おれたちにかかわりは、あるまい」

霜田は歩調も変えなかった。

谷村は、気になるのか、いっとき歩くと、また後ろを振り返った。

「す、すぐ、近くまで来ています」

谷村が、うわずった声で言った。

雲水は、大股で歩いてくる。だいぶ近付き、その足音が、ふたりの背後に迫ってきた。

「まさか、僧侶がおれたちを襲うことはあるまい」

霜田は、そう言っただけだった。

そのとき、前方の桐畑のなかの小径《こみち》から、人影が通りにあらわれた。武士である。菅笠《すげがさ》をかぶっていた。顔は見えなかったが、小袖に袴姿で大小を帯びている。

霜田が足をとめた。顔がこわばっている。網代笠《あじろがさ》をかぶった武士が、道のなかほどを霜田たちにむかって歩いてきたのだ。

「後ろからも！」

谷村が声を上げた。

走り寄る足音が、ドカドカと聞こえた。雲水が走ってくる。

「は、挟み撃ちか！」

霜田が、声をつまらせて叫んだ。

霜田と谷村は溜池の端に身を寄せて、葦原を背にして立った。だが、ふたりは身を顫わせているだけで、刀に手をかけようともしなかった。

雲水が霜田の前に立ちふさがった。もうひとりは、谷村の左手後方に足をとめた。ふたりは、笠をかぶったままである。

「な、何をする気だ！」

霜田が声を震わせて訊いた。

「おぬしの名は」

雲水が低い声で訊いた。雲水のような物言いではない。

「な、名を訊いて、どうするつもりだ」

「名乗りたくなければ、それでもいいが、始末する前に、せめて名だけでも聞いておこうと思ってな」

「な、なに……」

霜田の顔がひき攣ったようにゆがんだ。

「おれの名は、玄仙《げんせん》」

言いざま、雲水はかぶっていた雲水笠を取り、脇の叢《くさむら》に投げた。

坊主頭だった。顔が大きく、浅黒い肌をしていた。眉《まゆ》の濃い、ギョロリとした目をしている。

玄仙はすばやい動きで、首にかかっている布袋のなかから何かつかみ出した。鎌である。長い鎖がついている。

「く、鎖鎌！」

思わず、霜田が声を上げた。

異様な鎌だった。柄が長く、刃の部分が短く尖《とが》っている。鳶口《とびぐち》に似ているが、鎌にまちがいない。

玄仙は鎌を左手に、鎖を右手に持つと、

「抜け！」

と、鋭い声で言った。

このとき、谷村の左手にまわり込んでいた武士が、菅笠を取って路傍に投げた。三十がらみであろうか。面長で鼻梁が高く、細い目をしていた。その目に、切っ先のような鋭いひかりが宿っている。

「……！」

霜田は身を顫わせているだけで、刀の柄に手もかけなかった。驚愕《きょうがく》と恐怖で、身が竦《すく》んでしまったのだ。

「抜かなければ、このまま、おぬしの頭を打ち砕くぞ」

玄仙が声を荒らげて言った。

「お、おのれ！」

霜田は抜刀した。

青眼に構え、切っ先を玄仙にむけたが、切っ先が小刻みに震えていた。腰を引き、両手を前に突き出すように構えている。

霜田が抜刀したのを見た谷村は、左手に立っている武士に体をむけて刀を抜いた。そして、切っ先を武士にむけた。左手から斬り込んでくるとみたのであろう。

谷村も青眼に構えた。霜田よりましな構えだったが、腰が高く、隙《すき》だらけである。

「いくぞ！」

玄仙は左手で鎌を構え、右手で鎖をまわし始めた。鎖の先に、鉄の分銅がついている。異様な姿だった。法体《ほったい》で巨軀《きょく》の男が左手で鎌を持ち、分銅をまわしているのだ。

霜田は切っ先を玄仙にむけたが、ジリジリと後じさっていた。恐怖で、対峙《たいじ》していられなかったのである。

ビュン、ビュン、と鎖が鳴った。鎖の回転はしだいに速くなり、分銅も鎖も霜田には見えなくなった。

タアッ！

裂帛《れっぱく》の気合と同時に、玄仙の巨体が躍《おど》った。

次の瞬間、霜田は、ヒュン、という分銅の飛ぶ音を聞いたが、構えた刀を動かすこともできなかった。

刹那、霜田は頭に激しい衝撃を感じた。

霜田の意識があったのは、そこまでだった。霜田は分銅で頭を割られ、昏倒《こんとう》したことも知らなかった。

霜田が倒れたのを目の端でとらえた谷村は、ワアッ! という叫び声を上げ、反転して逃げだした。

「逃さぬ!」

武士が一声上げ、すばやい動きで谷村に追いすがり、背後から斬り込んだ。一瞬の太刀捌《たちさば》きである。

切っ先が、谷村の首から肩にかけて斬り裂いた。

谷村の首が横にかしげた瞬間、首根から血が噴き出した。谷村は小桶で撒くように血を飛び散らせながらよろめき、爪先《つまさき》を路傍の草株にひっかけて前に倒れた。

俯《うつぶ》せに倒れた谷村は、手足をモソモソと動かしていたが、すぐに動かなくなった。絶命したようである。

「たわいもない」

武士は、口許に薄笑いを浮かべて言い、手にした刀に血振《ちぶ》りをくれた。血振りは、刀身は振って血を切ることである。

「長居は無用」

玄仙は雲水笠を手にしてかぶると、足早にその場を離れた。武士も網代笠をかぶり、玄仙の後を追った。

6

雲十郎は真剣を手にし、巻藁《まきわら》を前にして立っていた。巻藁は太さ四寸ほどで、青竹を芯《しん》にして藁を巻き、所々細縄で縛ってある。

雲十郎は刀身を振り上げ、タアッ！　と鋭い気合を発して、刀を一閃させた。サバッ、という音がして巻藁が両断され、わずかな水飛沫《みずしぶき》が散った。巻藁には、水が含ませてあったのだ。

雲十郎は截断《せつだん》された巻藁に目をやり、ちいさくうなずいた。斬り口に乱れはなかった。藁屑《くず》も飛んでいない。刃筋がたっていた証拠である。

雲十郎は、山田流試刀術の稽古をしていた。試刀とは試し斬りのことで、本来は人体を斬るのだが、人体のかわりに巻藁を使ったのである。太さ四寸ほどの巻藁を斬れば、人体の胴を両断した程度の刃味があると言われている。

ときには、人体を使って試し斬りをすることもあるが、道場の稽古では、巻藁、青竹、畳などを使っていた。

山田家は代々牢人の身であったが、「徳川家御佩刀御試御用役《とくせんけごはいとうおためしごようやく》」を家職としていた。刀だけでなく、徳川家で所持する槍や薙刀《なぎなた》などの斬れ味を試していた。その際、実際にひとの死体を斬っていた。試し斬りに使われるのは、死罪になった罪人の死体である。

山田家の当主が徳川家の刀槍などに直接かかわりながら、代々牢人の身であったのは、刀槍の斬れ味を試すために実際に人体を斬っていたため、穢《けが》れのある仕事とみなされていたからである。

山田家には、御試御用役の他にもうひとつの別の仕事があった。罪を犯して死罪に処せられる者の首斬り役だった。山田家の当主に、「首斬り」の異名がついたのは、牢屋敷内で罪人の首を斬っていたからである。

そのため、山田家の者たちは、首斬りのための太刀捌きや土壇《どたんば》場に臨んでの心の持ちようなどの修行を積んでいた。そうした斬首の修行は、切腹における介錯にも通じるもので、雲十郎が山田道場で稽古をつづけているのは、そのためである。

山田家には道場があり、試刀術を指南していた。門弟は、小身の旗本や御家人の子弟が多かったが、雲十郎のように大名の家臣もいた。いずれも、剣だけでなく、試刀術も身につけようと志《こころざ》した者たちである。

いまも、道場内には十人ほどの門弟がいて、真剣での素振り、巻藁、青竹、畳斬りなどの稽古に励《はげ》んでいた。

山田道場では、稽古時間は決まっていなかった。稽古方法も、門弟たちが実力に応じて自分で選ぶことが多い。

他の剣術の稽古とちがって、相手と竹刀で打ち合ったり、勝負したりすることがない。相手は動かない死体であり、稽古で実際に斬るのは、巻藁、青竹、畳などである。そのため、独《ひと》り稽古が基本だった。

……今日は、これまでにするか。

雲十郎は、斬った巻藁を片付け始めた。

すでに、雲十郎は真剣の素振り、青竹斬り、巻藁斬りと一刻（二時間）ほど稽古をつづけていたのだ。

巻藁を片付け終え、道場のつづきにある着替えの間で稽古着を着替えていると、成川《なるかわ》と井口《いぐち》という若い門弟がふたり入ってきて、

「鬼塚どの、溜池沿いで武士がふたり、殺されたのをご存じですか」

成川が、うわずった声で訊いた。

「いや、知らぬが」

山田道場は、外桜田平川町二丁目にあった。雲十郎の住む町宿は、外桜田の山《やま》元町《もとちょう》である。山元町は平川町の隣町だった。そのため道場へ来るのに、溜池沿いの道は通らないのだ。

町宿というのは、藩邸に入り切れなくなった江戸勤番の藩士が、市井《しせい》の借家などに住むことである。雲十郎は馬場とふたりで、山元町の借家に住んでいたのだ。

「ひとりは斬られ、もうひとりは頭を割られて死んでいました」

井口が言った。

どうやら、成川たちは溜池沿いの道を通り、殺されたふたりの死体を見てきたらしい。

「頭を割られていたのか」

雲十郎が訊いた。

「はい」

「うむ……」

武器《えもの》は刀ではないかもしれない、と雲十郎は思った。

「ふたりは、旗本に仕える者らしく、家臣や中間《ちゅうげん》などが何人も来てました」

井口が言うと、成川がつづいた。

「中間が話しているのを耳にしたんですが、御側衆をされていた柴崎さまに仕えている方たちのようですよ」

「なに、柴崎さまだと！」

思わず、雲十郎の声が大きくなった。胸に、用人の柿沼や吉村恭之助の顔がよぎったのである。

ふたりは、驚いたような顔をして雲十郎を見た。ふたりは、雲十郎が柴崎家の家士の切腹の介錯をしたことを知らないのだ。

「場所は、溜池沿いの道だと言ったな」

雲十郎が念を押すように訊いた。

「は、はい」

「行ってみよう。おれの知り合いがいるかもしれん」

雲十郎は、急いで着替えると、井口たちを後にして着替えの間を出た。

七ツ（午後四時）ごろであろうか。陽は西の空にまわっていたが、まだ陽射しは強かった。

雲十郎は道場を後にし、平川町の町筋を南にむかった。町人地を抜けると、紀《き》伊《い》家の中屋敷の前に出た。門前をさらに南にむかい、赤坂御門を抜けると、前方左手に溜池が見えた。雲十郎は、溜池沿いの道を愛宕下の方にむかって急いだ。

……あそこだ！

溜池沿いの道に人だかりができていた。

通りすがりの町人もいるが、武士と中間らしい男の姿が多かった。柴崎家から駆け付けた者たちらしい。

……馬場がいる！

人だかりのなかに、馬場の姿があった。馬場は六尺ちかい巨体だったので、遠目にもそれと分かる。おそらく、馬場も柴崎家の奉公人が殺されたと耳にして、現場に駆け付けたのだろう。

7

馬場は雲十郎を目にすると、

「ここだ」

と言って、手を上げた。

馬場の足元に死体が横たわっているらしい。馬場のまわりには、旗本の家士らしい武士が集まっていた。柴崎家に仕える者たちだろう。

……柿沼どのもいる。

雲十郎は、馬場のそばに柿沼が立っているのを目にした。

雲十郎が人だかりに近付くと、集まっている武士たちの間から、「鬼塚どのだ」「介錯をした方だぞ」などという囁《ささや》きが聞こえた。柴崎家の家士たちらしい。雲十郎が戸賀の介錯をしたとき、目にしたのだろう。

「鬼塚、見てみろ」

馬場が足元を指差した。

武士体の男が仰向《あおむ》けに倒れていた。付近の叢にどす黒い血が飛び散っている。

……これは！

雲十郎は、息を呑んだ。

見たこともないような凄絶な死顔だった。頭が割れていた。まるで西瓜《すいか》でも、たたき割ったようである。

「刀ではないな」

雲十郎の声がかすかに震えた。顔もこわばっている。

「刃物ではなく、棒のような物でたたき割ったのではないか」

馬場が言った。

「いや、棒ではない」

額が陥没《かんぼつ》していた。その部分だけ、頭骨が砕《くだ》けてへこんでいる。棒や刀のような物ではなく、何か丸い物が強く当たったのではあるまいか。

雲十郎が額の陥没のことを馬場に話すと、

「石礫《いしつぶて》かな」

と、首をひねりながらつぶやいた。

「どうかな」

石礫なら近くに落ちているはずだが、見当たらなかった。

「この者は、柴崎家の奉公人ですか」

雲十郎は、死体の脇に立っている柿沼に訊いた。

「柴崎家に仕える霜田弥之助です」

柿沼が眉を寄せて言った。

「下手人に心当たりは」

「ありません……」

柿沼がちいさく首を横に振った。

「霜田どのは、柴崎さまのお屋敷から住居《すまい》に帰るところだったのですか」

「いえ、谷村とふたりで、吉村さまのお屋敷へ届け物がありまして、それを持ってここを通ったのです」

「吉村さまのお屋敷へ行くところだったのか」

「そうです」

「ふたり殺されたと聞いたが、もうひとりは谷村どのという御仁かな」

「はい、谷村も柴崎さまにお仕えしておりました」

「谷村どのは、どこに」

雲十郎が訊いた。近くに別の死体はなかった。

「あそこに」

柿沼が指差した。

三十間ほど先に人だかりができていた。通りすがりの者に混じって、武士や中間の姿もあった。そこにも、柴崎家に奉公している者たちがいるようだ。

「行ってみよう」

雲十郎がその場を離れようとすると、

「おれも行く」

と言って、馬場がついてきた。

谷村は路傍に俯せに倒れていた。地面にどす黒い血が飛び散っている。

「刀傷だな」

雲十郎が小声で言った。

谷村は背後から、袈裟に斬られていた。深い傷で、赭黒《あかぐろ》くひらいた傷口から截断された鎖骨が白く覗いていた。

「一太刀だな」

馬場がけわしい顔をして言った。

「下手人は遣い手とみていいな」

「しかも、剛剣だぞ」

「うむ……」

馬場の言うとおり、背後からこれだけ深く斬り込むには、刃筋のたった斬撃で、しかも膂力《りょりょく》がこもった剛剣でなければ無理である。

「下手人は、何者だ」

「この傷を見ても、心当たりはないが、下手人はふたりだな」

谷村と霜田は、それぞれ別人に斃《たお》されたとみていい。下手人のひとりは何か礫のような物を投げて霜田を斃し、もうひとりは刀で谷村を斬ったのである。

「辻斬りではないようだし、追剝《おいは》ぎの類《たぐい》でもないようだ」

馬場が言った。

「戸賀の切腹に、何かかかわりがあるかもしれんな」

雲十郎は確信があったわけではないが、そんな気がしたのだ。

「うむ……」

馬場は腕を組んで考え込んでいる。

雲十郎と馬場が谷村の死体に目をむけていると、近くで話している町人の声が聞こえてきた。

大工らしい。道具箱を担《かつ》いでいた。腰切り半纏《ばんてん》に股引《ももひき》姿である。

男のひとりが、まわりに集まっている者たちに、「そいつは、鎌のような物を持っていたぞ」と昂った声で言った。すると、もうひとりが、「何かふりまわしていたな」と言い添えた。

そのやり取りを耳にした雲十郎は、

「見ていた者がいるようだ」

と、馬場に小声でつたえ、話しているふたりの大工のそばに行き、

「ふたりが殺されるところを、見たのか」

と、訊いた。馬場もそばに来て、大工に目をやっている。

「へい、近くを通りかかって見たんでさァ」

顔の浅黒い男が言った。

「下手人は武士か」

雲十郎が訊いた。

「そ、それが、坊さんのようでしたぜ」

「坊さんだと！」

馬場が声を上げた。

大声だったので、大工らしいふたりは驚いたような顔をして馬場を見た。

「見間違えたのではないか」

「そんなことはねえ。あっしは、しっかり見てやしたから」

浅黒い顔をした男によると、ひとりは墨染めの法衣に、手甲脚半姿で、雲水の

ように見えたという。

「それに、頭は坊主でしたぜ」

「坊主頭なら、間違いないな」

馬場が首をひねりながら言った。

「その男は、刀を遣ったのか」

雲十郎が訊いた。

「図体のでけえ男でしてね。……左手に、鎌のような物を持ってやした。右手で、何かふりまわしていやしたぜ」

「右手でふりまわしていたのは、分銅のついた鎖ではないか」

「そうかもしれねえ」

「鎖鎌だ！」

雲十郎が昂った声で言った。

「鎖鎌だと」

馬場が驚いたような顔をした。

「下手人は、鎖鎌の分銅を投げ付けたのだ」

「分銅が、霜田どのの頭に当たったのか」

馬場が納得したようにうなずいたが、すぐに、眉を寄せ、

「坊主が鎖鎌を遣ったのか」

と言って、不可解そうな顔をした。

「姿は雲水らしいが、武芸者かもしれん」

「うむ……」

馬場は、まだ納得できないらしく首をひねっている。

「もうひとり、刀を持った者がいたはずだな」

雲十郎が訊いた。

「ここに倒れているお侍は、刀で斬られやした」

もうひとりの大工らしい男が言った。面長で、痩せた男である。

「そやつは、武士の恰好をしていたのだな」

「へい、袴を穿いて大小を差していやした」

「そうか」

やはり、下手人はふたりのようだ。それにしても、鎖鎌を遣う雲水のような恰好をした男は、何者であろう。柴崎家とかかわりのある者であろうか。

雲十郎と馬場は柿沼のそばにもどり、

「鎖鎌を遣う男に覚えがありますか」

と、雲十郎が訊いた。

「鎖鎌ですか。……いえ、ありません」

柿沼が当惑するような顔をして首を横に振った。雲十郎が、鎖鎌のことなど持ち出したからだろう。

「それが、霜田どのたちを襲ったひとりは、鎖鎌を遣う坊主らしいのだ」

馬場が口を挟んだ。

「鎖鎌を遣う、坊主……」

柿沼は驚いたような顔をした。

「霜田どのの頭を割ったのは、鎖鎌の分銅らしい。その鎖鎌を遣った男が法体で、雲水の恰好をしていたようだ」

「ま、まさか……」

柿沼は信じられないといった顔をした。

「おそらく、雲水の恰好をしていただけだろう。……柴崎家では、これまで雲水の恰好をしている男と何かかかわりがありましたか」

雲十郎が訊いた。

「まったく、ございません」

柿沼は、はっきりと答えた。まだ、顔には驚きの色があった。

第二章　鎖鎌《くさりがま》

1

馬場が湯飲みを手にしたまま、

「鬼塚、どうする」

と、雲十郎に訊いた。

「おれは、山田道場に稽古に行くよ」

雲十郎と馬場は、借家でおみねが淹《い》れてくれた茶を飲んでいた。そこは、雲十郎と馬場の住む山元町の町宿だった。

おみねは、通いの女中である。近所に住む手間賃稼《てまちんかせ》ぎの女房で、雲十郎と馬場の身のまわりの世話をしに来てくれていたのだ。

おみねはでっぷり太った中年女で、しゃれっ気などまったくなかったが、子供がいないせいか、雲十郎たちの世話を親身になってやってくれた。そのおみねが、朝餉《あさげ》の後、ふたりに茶を淹れてくれたのである。

「おれは、藩邸に行くよ」

馬場は手にした湯飲みをかたむけて茶を飲み干した。

馬場は徒士だったので、藩士や家老などの外出のおりに、身辺警固にあたるのが、おもな任務だった。ただ、藩主の忠盛は参勤で国許にもどっているし、今日は家老や奥方の外出もないらしい。今日のように警固の任務のないときは、藩邸内の見まわりなどをおこなっている。

「いっしょに、ここを出るか」

雲十郎も茶を飲み干した。

雲十郎と馬場は、羽織袴姿で二刀を帯び、借家から出たが、すぐにふたりの足がとまった。

三人の武士が足早にこちらに歩いてくる。

「あれは、柿沼どのではないか」

馬場が言った。

「吉村どのも、いっしょのようだぞ」

柿沼と吉村、それにもうひとり、武士がいた。何者か分からない。羽織袴姿の初老の武士である。

「何かあったのですか」

雲十郎は柿沼たちと顔を合わせると、すぐに訊いた。

「おふたりに、ご相談がありまして」

柿沼が身を低くして言うと、

「まことに身勝手だが、そこもとたちに、力を貸してもらおうと思ってな」

吉村が当惑したような顔をして言い添えた。

切れ長の目で、鼻筋がとおっていた。端整な顔立ちだが、あまり身装《みなり》にはかまわない性分らしく、口のまわりや顎に無精髭《ぶしょうひげ》が伸びていた。鬢や髷も乱れている。

雲十郎は歩きながらするような話ではないと思い、

「家に入っていただくかな」

と言って、馬場に目をやった。馬場が、どうするか気になったのである。

「おれも、話を聞かせてもらう」

すぐに、馬場が言った。藩邸に行くのは、後にするつもりらしい。

雲十郎と馬場は、三人を借家の座敷に招き入れた。

対座すると、吉村が、

「この者は、当家の用人だ」

と、脇に座している男に目をやって言った。

「吉村家に御奉公している笠松善兵衛《かさまつぜんべえ》にございます」

笠松が名乗ってから、深々と頭を下げた。

雲十郎と馬場も名乗り、

「それで、ご用件は」

と、雲十郎があらためて訊いた。

「柿沼から、霜田と谷村を殺した者たちのことを聞いて、そこもとたちの力を貸してもらいたいと思ったのだ」

吉村が言った。

「どういうことでござろうか」

「実はな、おれが戸賀に襲われたときも、近くに雲水がいたのだ」

「雲水がいたと」

思わず、雲十郎が聞き返した。

「いや、そのときは、偶然近くを通りかかっただけだろうと思ってな、雲水のことは気にもしなかったのだ。ところが、霜田は雲水の遣う鎖鎌に殺されたらしい、と聞いて、あのときいた雲水は、戸賀といっしょにおれの命を狙っていたのではないか、と思いあたったのだ。……偶然、牧川さまが供を連れて通りかかからなければ、おれは霜田と同じ目に遭っていただろうな」

「牧川さまが通りかかったとき、雲水は逃げたのですか」

雲十郎が訊いた。

「雲水は、牧川さまの家臣が駆け寄ってくると、足早に通り過ぎていったような気がするが……」

吉村が語尾を濁した。記憶がはっきりしないようだ。無理もない。そのときは、戸賀にいきなり斬りつけられ、気が動転していただろう。

「それで、雲水に心当たりは」

雲十郎があらためて訊いた。

「雲水が何者かは知らないが……。笠松から話してくれ」

そう言って、吉村は脇にいる笠松に目をやった。

「それがしは、その雲水を二度目にしております」

笠松が言った。

「どこで、見たのです」

馬場が訊いた。

「吉村家の屋敷の前です」

笠松によると、所用で表門のくぐりから出たとき、斜向《はすむ》かいにある旗本屋敷の築地塀《ついじべい》に身を寄せて立っている雲水の姿を見かけたという。

「初めは、気にもしませんでしたが、二度目は不審に思い、門の脇からしばらく雲水を見ていたのです。すると、雲水はその場から歩き去りました。その後、殿から雲水の話をお聞きしまして、あのとき、雲水は殿を襲うつもりで狙っていたのではないか、と気付いたのです」

「笠松から話を聞いてな、あの雲水は、おれを狙っていたと分かったのだ」

どうやら、このことを話させるために、吉村は笠松を同行してきたらしい。

「そうらしいな」

雲十郎も、その雲水は吉村を襲うつもりで屋敷を見張っていたのだろうと思った。

「それで、鬼塚どのと馬場どのに、手を貸してもらいたいのだ」

吉村が言った。

「手を貸せと言われても、おれたちは何をすればいいのです」

馬場が戸惑うような顔をした。

「雲水を討ち取ってもらいたい」

吉村が雲十郎と馬場に目をむけて言った。

「なぜ、おれたちふたりに……。柴崎家にも吉村家にも、腕のたつ御仁がおられよう」

雲十郎は、自分たちの出る幕ではないと思った。

柴崎家は二千石、吉村家は七百石である。両家には、相応の家士や若党などがいるはずである。

「いや、それが、霜田と谷村が殺されたのをみても分かるように、頼りになる者がいなくてな。……小松さまからも鬼塚どののたちのことは聞いていて、頼むのはふたりしかいないと思っているのだ」

吉村によると、小松が柴崎家に来たとき、雲十郎と馬場のことが話に出たという。

「それに、見事な切腹の介錯を見せてもらった。腕のたつ者でなければ、あのようには斬れぬと思ったのだ」

「ですが、われらは畠沢藩に仕える身でござれば……」

勝手なことはできない、と雲十郎は思った。馬場もそうであろう。

「むろん、そのことは承知している。どうであろう、こちらから、小松さまにお願いし、お許しがでたらということでは」

「お許しがでれば……」

小松から命じられれば、断ることはできないだろう。

馬場は無言でうなずいた。雲十郎と同じ気持ちらしい。

2

「なぜ、吉村どのや霜田どのたちは、狙われるのです」

雲十郎が、声をあらためて訊いた。

「おれにも、分からないが……」

吉村は、いっとき虚空に視線をとめていたが、

「柴崎家の相続にかかわることではないかな」

と、つぶやくような声で言った。

「…………」

雲十郎は、やはり、そうか、と思ったが、口にはしなかった。

すると、馬場が身を乗り出すようにして、

「吉村どのの命を狙っているということは、吉村どのが後見人になるのを反対している者がいるということですか」

と、声を大きくして言った。

「そうかもしれん」

吉村が言いにくそうな顔をした。

「水島どのではないのか」

雲十郎が小声で訊いた。

江戸家老の小松から話を聞いたとき、柴崎家の家督相続の話も出て、柴崎の叔父の水島源左衛門は、吉村が嫡男《ちゃくなん》の松太郎の後見人になるのを反対しているらしい、と聞いた覚えがあったのだ。

「よくご存じで」

柿沼が驚いたような顔をした。

「いや、そんな話を耳にした覚えがあったのだ」

雲十郎は、小松のことは口にしなかった。

「たしかに、叔父はおれが後見人になるのが、おもしろくないようだが、おれの命を狙うようなことはないと思うが……」

吉村は首をひねった。

「ところで、水島どのはお歳は」

雲十郎が訊いた。

柴崎は老齢である。その叔父となると、かなり高齢ではあるまいか。

「還暦《かんれき》を過ぎて、二、三年のはずです。兄とは、ふたつ違いのはずですが」

吉村の兄の柴崎は、還暦を過ぎたばかりだという。ちなみに、吉村は三十二歳だそうだ。吉村は歳の離れた末っ子で、柴崎と吉村との間にはふたりの男の兄弟がいたが、ふたりとも亡くなったのだという。

そのとき、馬場が身を乗り出すようにして、

「水島どのが、松太郎さまの後見人になりたいのではないか」

と、声を大きくして言った。

次に口をひらく者がなく、座敷はいっとき重苦しい沈黙につつまれていたが、

「……そうかもしれません。実は、それらしい話を聞いたことがございます」

と、柿沼が苦悶《くもん》の色を浮かべて言った。

雲十郎をはじめ、男たちの視線が柿沼に集まった。

「偶然、殿がお休みになっている部屋の前を通ったときに、水島さまが、殿に話

されているのを耳にしたのです。そのとき、水島さまは、松太郎さまは若過ぎる。柴崎家を継ぐのにふさわしいお方が、もうひとりいるではないか、とおっしゃられたのです」

「もうひとりいる、と言ったのだな」

吉村がめずらしく強い口調で訊いた。

「は、はい……」

「それは、菊乃のことか」

「菊乃さまではないようです。……さらに、水島さまが、その子は十五になられ、元服も済んでいる、と口にされました」

「どういうことだ。まるで、兄上には、もうひとり男児《おとこのこ》がいるような口振りではないか。柿沼、それらしい話を聞いたことがあるか」

吉村が訊いた。

「ございません」

「おれも、聞いたことがないぞ。まさか、叔父上の子のことではあるまいな」

「水島さまのお子は、ご嫡男が三十歳過ぎで、ご次男は、二十四、五歳になられるはずですが」

柿沼は首をひねった。水島の子の年齢まではっきりしないようだが、いずれにしろ水島が口にした十五の子ではあるまい。

「うむ……」

吉村は厳しい顔をして口を結んだ。

「かりに、水島さまに跡継ぎにふさわしい年齢のお子がいたとしても、幼少ではあられるが、松太郎さまがおられる以上、他家から養子を迎えるようなことはなさらないのではござらぬか。そんなことをすれば、松太郎さまと菊乃さま、それに佐江さまのお立場がなくなります」

柴崎の意識がはっきりしているうちは、そのようなことは認めないだろう、と雲十郎は思った。

「鬼塚どのの言うとおりだ。もしそれが本当なら、おれは、兄に直訴《じきそ》してでも、そのようなことは思いとどまってもらう」

吉村が顔に怒りの色を浮かべて言った。

「それがしたち奉公人もみな、そう思っております。……殿に、世継ぎのことを訊かれたときに、松太郎さまが家を継がれるのがよろしいのでは、と申し上げたこともございます」

柿沼が思いつめたような顔をして言った。

用人として長年、柴崎家に仕えている柿沼にとっても、他人事《ひとごと》ではないのだろう。

「ところで、霜田どのと谷村どのは、なぜ襲われたのだ。柴崎家の世継ぎに、かかわりはないと思うが」

雲十郎が訊いた。

「それがしには、分かりません」

柿沼が言うと、

「おれにも、心当たりはない」

吉村は首をかしげた。

それから、小半刻（三十分）ほど話して、吉村たちは腰を上げた。推測だけで話していても、新たなことは見えてこなかったのだ。

「屋敷近くまでお送りしよう」

雲十郎が言った。

吉村たち三人は、溜池沿いの道を通って自邸まで帰るはずだった。途中、雲水たちに襲われるかもしれない。

「おれも行く」

馬場も立ち上がった。

3

雲十郎は吉村たちと会った三日後、馬場とふたりで愛宕下にある畠沢藩の上屋敷にむかった。

江戸家老の小松から馬場をとおして、ふたりに話したいことがあるので、藩邸に来るようにとの伝言があったのだ。

雲十郎たちは藩邸に着くと、小松の住む小屋にむかった。小屋といっても、重臣のための独立した屋敷で、いくつかの座敷と台所もあった。

小屋には家老に仕える使方《つかいかた》の若い藩士がいて、雲十郎と馬場を奥の座敷に案内した。ふたりが、座敷でいっとき待つと、小松が姿を見せた。小松は小袖に角帯というくつろいだ恰好をしていた。

雲十郎と馬場が時宜《じぎ》を述べようとすると、

「挨拶《あいさつ》は、よい」

と、小松がおだやかそうな顔に笑みを浮かべて言った。

「鬼塚、馬場、柴崎家での介錯、ごくろうだったな。一昨日、吉村どのと顔を合わせる機会があってな、そのときの様子を聞かせてもらったのだ」

小松が言った。

吉村は、小松と会っていろいろ話したらしい。吉村は雲十郎に、世継ぎ騒動のことで、手を貸してもらいたい、と口にしたが、その件で、小松に頼みに来たようだ。

「実は、ふたりに頼みがあって来てもらったのだが、これは私事でな。わしとしても、心苦しいのだ」

小松が当惑したような顔をした。

「どのようなことでございましょうか」

雲十郎は、小松の頼み事は分かっていたが、そう訊いた。

「柴崎家に仕える者がふたり、溜池のそばで殺されたそうだな」

小松が声をあらためて言った。

「はい、山田道場からの帰りに、その場を通りかかり目にしました」

雲十郎が言った。

「聞くところによると、吉村どのも命を狙われているそうだが」

「そのように聞いています」

「吉村どのと用人の柿沼の話では、裏に柴崎家の世継ぎのことがあるらしいとのことだった。松太郎に家を継がせることに、反対する者がいるようなのだ」

小松が言った。

「吉村どのの叔父にあたる水島源左衛門さまが、松太郎さまが家を継がれることに反対されているとか」

雲十郎は、水島の名を出した。小松の耳にも、入っているとみたのである。

「わしも、水島どののことは聞いている。……佐江からもな。まァ、親馬鹿と言われれば、それまでだが、わしは、松太郎に柴崎家を継いでもらい、松太郎が元服するまでの間、吉村どのに後見人になってもらいたいのだ。それが、柴崎家にとって、もっともいいことだと思うがな」

「いかさま」

雲十郎も、そう思っていた。おそらく、馬場も同じように思っているだろう。ただ、あくまでも、柴崎家の問題であり、雲十郎と馬場には、家督問題に口をはさむほどのかかわりはなかった。

「それでな、鬼塚と馬場に、手を貸してほしいのだ。……吉村どのや柴崎家の奉公人の身を守るためにも、ふたりの奉公人の命を奪った者たちを討ち取るなり、捕えるなりしてほしいのだ」

小松の声は静かだったが、強いひびきがあった。

雲十郎は、小松の言ったことを予想していた。他人事《ひとごと》ではあったが、雲十郎も吉村が後見人となり、嫡男の松太郎が家を継ぐのが順当だと思っていた。それに、十歳なら急いで元服することもできる。柴崎が御側衆の要職にあったことを考えれば、幕閣との伝《つて》もあるはずで、松太郎が元服して家督相続することも可能であろう。

……できれば、吉村どのたちに手を貸してやりたい。

と、雲十郎は思ったが、徒士という役柄がある以上、勝手に動くわけにはいかない。

「ですが、ご家老、それがしは徒士ですので、お頭のお許しがないと……」

雲十郎が言うと、

「それがしも同じです」

すぐに、馬場が言い添えた。

「わしも、そのことは承知していてな。すでに、大杉《おおすぎ》には話してあるのだ」

小松の顔に、ほっとした表情が浮いた。

雲十郎と馬場を支配している徒士頭は、大杉重兵衛《じゅうべえ》だった。畠沢藩の場合、徒士頭は江戸にひとり、国許にひとりいる。

「それなれば、ご家老のご意向に添いたいと存じます」

「それがしも」

雲十郎と馬場が言った。

「頼むぞ」

「ハッ」

雲十郎たちは、あらためて小松に頭を下げた。

「大杉に会っていくといい。今日、ふたりが来ることは、大杉にも伝えてある」

小松が顔をなごませて言った。

雲十郎と馬場は小松の小屋を出た足で、大杉の住む小屋にむかった。大杉の住《すま》居《い》は、小松の小屋より小体《こてい》だったが、やはり独立した家屋になっていた。

大杉はみずから戸口に顔を出し、座敷に雲十郎たちを連れていった。

大杉は四十がらみ、面長で目が細く、頤《おとがい》が張っていた。その目に、徒士頭らしい鋭いひかりが宿っている。

大杉は雲十郎たちと対座すると、

「ご家老と会って、話したのか」

と、すぐに訊いた。

「はい」

「それで、柴崎家のことを頼まれたのだな」

「馬場とふたりで、柴崎家に尽力《じんりょく》するよう言われました」

「おれにも、ご家老から話があったのだ。おそらく、ご家老は口にはされなかっただろうが、柴崎どのは、御側衆をされていたころ、わが藩のためにいろいろ尽力してくれたのだ。……柴崎どのには、ご家老の娘御を、奥方に迎えたというよしみもあったのだろうが、藩としてもずいぶん助けられた。いずれにしろ、ふたりが柴崎家に手を貸すのは、藩としても当然のことといえるのだ」

大杉によると、柴崎は幕府が大名に街道や寺社の普請《ふしん》などの割当を命ずるとき、畠沢藩の不利にならないよう幕閣に働きかけてくれたという。

「それで、しばらく徒士としての任は果たせませんが」

馬場が言った。

雲十郎の場合、山田道場で介錯人としての修行を許されているので、徒士として務めるのは特別のときだけである。

「承知している」

大杉は雲十郎と馬場に目をむけ、

「油断するなよ。ご家老から、柴崎家の家士には手に負えないような相手らしいと聞いている」

と、顔をきびしくして言った。

「油断はしません」

霜田たちを斃したふたりは、尋常な相手ではない、と雲十郎も知っていた。

4

雲十郎は朝餉の後、

「馬場、小川町に行ってみないか」

と、もちかけた。

「小川町に……。何かあったか」

「水島源左衛門の屋敷だ」

「そうか。水島を探ってみようというのだな」

馬場も、水島を呼び捨てにした。敵とみたからだろう。

「霜田どのたちを襲ったふたりのことも、何か分かるかもしれない」

「行こう。おれも、水島を探ってみるのが、先だと思っていたのだ」

すぐに、馬場は立ち上がった。

ふたりは、借家から出ると、大名屋敷のつづく通りを抜けて、内堀沿いの通りに出た。神田小川町まではかなりの道程である。雲十郎は内堀沿いの道をたどって東にむかい、日本橋《にほんばし》辺りに出ようと思った。

内堀沿いの通りを歩きながら、

「おれは、腑《ふ》に落ちないことがいくつもあるのだ」

と、雲十郎が馬場に話しかけた。

「腑に落ちないとは」

「まず、水島が口にしたという、柴崎家を継ぐにふさわしい十五歳になる男のことだ。水島の子ではないようだが、いったい何者なのだ」

十五歳で元服を終えているとなれば、もう子供ではない。それで、雲十郎は、男と口にしたのだ。

「おれには、分からん。水島が、出任せに言ったのではないか」

「いや、そんなことはない。水島は、十五歳とはっきり口にしたらしいのだ。……それに、水島が勝手に言いだしたことなら、いくら病でお体が弱っているとはいえ、柴崎さまは、すぐに否定したはずだぞ」

「やはり、柴崎家と強いかかわりのある十五歳の男がいるということだな」

馬場がけわしい顔をして言った。

「その男は、柴崎さまと血のつながりがあるとみていいのではないか」

「隠し子か！」

馬場が声を上げた。

「隠し子とも、言い切れんな。隠し子なら、長年用人をしている柿沼どのは、知っているのではないかな。それに、佐江どのも気付くはずだが……」

「隠し子でないとすると、どういう関係だ」

馬場が首をひねった。

「おれにも、分からん」

「うむ……」

ふたりは、歩きながら考え込んでいたが、

「他にも、腑に落ちないことがあるのか」

と、馬場が訊いた。

「ある。……鎖鎌を遣う雲水だ。坊主頭だったというし、どうみても武士が正体を隠すために身を変えたとは思えない」

「そうだな」

馬場がうなずいた。

「大柄で、鎖鎌を遣う、雲水——。これだけそろうと、かなり異様だ。近所の者の評判になってもいい。その男が、水島の身辺にいたとすれば、もっと前に、吉村どのや柿沼どのは知っているはずだがな」

「そのとおりだ」

また、馬場の声が大きくなった。

「そう考えると、雲水ともうひとりの男は、水島の指図で動いているのかどうか、あやしくなる」

「だが、霜田どのと谷村どのを殺したふたりは、辻斬りや追剝ぎではないぞ。どうみても柴崎家の奉公人と知ってのうえで狙ったとしか思えんな」

「馬場の言うとおりだ。……それで、よけいふたりが何者なのか、分からなくなる」

「うむ……」

馬場が低い唸《うな》り声を上げて腕を組んだ。

「他にも、腑に落ちないことがある」

雲十郎が言った。

「まだ、あるのか」

「雲水が何者であれ、なぜ、霜田どのたちふたりを襲って殺したのだ」

「それは、柴崎家の奉公人だからではないか」

「奉公人を殺しても何にもなるまい」

「それはそうだが……」

馬場は首をひねった。

「馬場、此度《こたび》の件は簡単に始末はつかないぞ」

雲十郎は、謎が多過ぎると思った。

「うむ……」

馬場が、また低い唸り声を上げた。

ふたりは、そんなやり取りをしながら、日本橋のたもとに出た。これから中山道《なかせんどう》を北にむかい、神田川にかかる昌平橋《しょうへいばし》のたもとを左にまがるつもりだった。その先に、小川町はある。

ふたりは、昌平橋のたもとから神田川沿いの道に出た。右手に神田川、左手には旗本屋敷がつづいている。

「この辺りを左に入ると、小川町に出られるはずだ」

雲十郎は、一度だけ小川町に行ったことがあったのだ。

左手の通りも、旗本屋敷がつづいていた。人影が急にすくなくなり、供連れの武士や中間などがときおり行き過ぎるだけである。

小川町に入ると、馬場が、

「鬼塚、水島の屋敷がどこにあるか知っているのか」

と、訊いた。

「いや、小川町にあると聞いているだけだ」

「これだけ、旗本屋敷がつづいていると、簡単には見つからないぞ」

「そうだな」

雲十郎も、これだけ旗本屋敷が多いと、水島の屋敷を見つけるのはむずかしいと思った。

「だれかに、訊くしかないな」

馬場が周囲に目をやりながら言った。

5

通りの先に、中間らしいふたり連れが見えた。ふたりともお仕着せの法被《はっぴ》姿で、両脛《ずね》をあらわにしていた。こちらに、歩いてくる。

馬場が前方を指差して言った。

「おい、あの中間に訊いてみないか」

「中間に、訊いてみよう」

雲十郎たちは、足を速めた。

ふたりの中間は、近付いてくる雲十郎たちを見ると、驚いたような顔をして足をとめた。真《ま》っ直《す》ぐ、近付いてきたからだろう。

雲十郎と馬場は、ふたりの中間の前に足をとめると、

「この近くの屋敷に奉公しているのか」

と、雲十郎が訊いた。

「へい……」

小太りの男が、首をすくめながら応えた。顔に不安そうな色がある。

「つかぬことを訊くが、この辺りに水島源左衛門どのの屋敷はないかな」

雲十郎が水島の名を出して訊いた。

「水島さまねえ……」

小太りの男が首をひねった。

「家禄は、五百石と聞いている」

雲十郎が言うと、脇に立っていた赤ら顔の男が、

「この辺りのお旗本は、大身でしてね。五百石ほどのお旗本の屋敷はありませんや」

と、通りに目をやりながら言った。

言われてみれば、通り沿いにある屋敷は、いずれも豪壮な長屋門を構えていた。千石以上の旗本が多いようだ。

旗本屋敷は禄高によって、表門や屋敷の大きさがある程度決まっていた。それで、表門を見れば、食《は》んでいる禄高が推測できるのだ。

「そうだな、大身の旗本が多いようだ」

雲十郎も、通り沿いには五百石ほどの旗本屋敷はないように見えた。

「この先へ行けば、五百石ほどのお旗本の屋敷がありやすぜ」

小太りの男が、一町ほど行った先に四辻があり、右手の通りに入ると、五百石前後の旗本屋敷がいくつかあると話した。

「手間をとらせたな」

そう言い置き、雲十郎と馬場は通りの先にむかった。

中間が話したとおり、一町ほど歩くと四辻があったので、雲十郎たちは右手におれた。

「それらしい屋敷があるな」

通り沿いに、五百石前後と思われる旗本屋敷がつづいていた。

雲十郎たちは、旗本屋敷の前を通ったが、だれの屋敷か分からない。

「訊くしかないな」

馬場が言った。

「むこうから来る武士に訊いてみよう」

羽織袴姿の武士がふたり、こちらに歩いてくる。供はいないようだ。旗本屋敷に奉公する家士であろう。

雲十郎と馬場は、ふたりの武士に近付き、水島源左衛門の名を出して訊くと、すぐに分かった。

「水島さまのお屋敷は、この通りを二町ほど行った左手にありますよ」

三十がらみと思われる長身の武士が言った。

「何か、水島さまの屋敷と分かるような目印はないかな」

雲十郎が訊いた。五百石前後の旗本屋敷がつづいているので、水島家の屋敷かどうか識別できないだろう。

「表門の脇から松が枝を伸ばしているので、それを目印にすれば、水島さまのお屋敷と分かります」

長身の武士が言った。

雲十郎は、長身の武士の口振りから、水島家のことをよく知っているように思え、

「そこもとたちは、水島家の近くで奉公されているのか」

と、訊いてみた。

「そうです。水島家から半町ほど先に、それがしたちがご奉公している屋敷があ

ります」

長身の武士が言うと、もうひとりの若い武士もうなずいた。

「実は、それがしの知り合いが、水島家に奉公することになっているのだが、あまりいい噂は耳にしないのだ。それで、実際はどうなのか、近所で訊いてみたいと思ってきたわけだ」

雲十郎が声をひそめて言うと、

「名は言えぬが、その男は迷っていてな。おれたちに、相談したわけだ」

馬場が、もっともらしい顔をして言い添えた。

するとふたりの武士は顔を見合わせてから、

「それがしたちも、いい噂は耳にしません」

と、長身の武士が小声で言った。

「水島さまは、非役と聞いているが、ふだん屋敷にいることが多いのか」

雲十郎が訊いた。

「それが、あまり屋敷にはいないようです」

「どこかに、出かけているのか」

「噂ですがね。山下界隈《やましたかいわい》や柳橋《やなぎばし》などに、出かけているそうですよ」

山下は、東叡山寛永寺《とうえいざんかんえいじ》のある上野山《うえのやま》の東の山裾《やますそ》にひろがる歓楽地で、岡場所があることでも知られていた。また、柳橋は料理屋や料理茶屋などが多く、旗本や富商などが贔屓《ひいき》にしている老舗《しにせ》もあった。

「よく、そんな金があるな」

五百石とはいえ、水島家は非役なので内証は苦しいはずである。

「どう、都合してるんでしょうか」

そう言って、長身の武士が若い武士と顔を見合わせた。若い武士は、首をひねっている。ふたりとも、確かなことは知らないようだ。

「水島家には、ふたりのお子がいたな。たしか、嫡男は三十過ぎで、次男は二十四、五になるはずだが」

雲十郎は、柿沼から聞いたことを口にした。

「よくご存じで……。確か、嫡男の郷之助《ごうのすけ》さまが三十一歳で、次男の俊次郎《しゅんじろう》さまは二十五歳ですよ」

長身の武士は、兄弟の名と歳まで知っていた。

「水島家には、もうひとり十五、六の男児《おとこのこ》がいると聞いているが」

雲十郎は、水島が口にしたという十五歳の男子について訊いてみた。

「兄弟はふたりだけですよ。他にいませんが」

長身の武士が首をひねった。

「おれの聞き違いかな」

どうやら、十五の男子は、水島の子ではないらしい。それに、水島家の屋敷にもいないようだ。

「ふたりの兄弟だが、出仕はしているのか」

雲十郎が声をあらためて訊いた。

「してないようです」

「ふだん何をしているのだ。屋敷にいるのか」

兄が三十一で、弟が二十五にもなれば、屋敷に籠《こも》ってばかりはいられないだろう。

「屋敷にいることは、すくないようですよ。……ふたりとも、あまり評判がよくないんです」

長身の武士が言うと、若い武士もうなずいた。

「何か、悪事でも働いたのか」

「悪事ということではないんですが、水島さまと同じように料理屋や岡場所などに出かけるようですし、徒牢人《いたずらろうにん》などとも付き合っているようですよ」

「そういえば、鎖鎌を遣う男と歩いているのを見たことがあるな」

雲十郎は、鎖鎌を遣う雲水のことを訊いたのだが、雲水は口にしなかった。ふだんは雲水ではなく、別な恰好をしているのではないかと思ったからである。

「鎖鎌ですか。……おぬし、知っているか」

長身の武士が、若い武士に訊いた。

「鎖鎌は知りませんねえ。たしか、兄弟は一刀流の道場に通われたことがあって、当時の門弟仲間が屋敷に来ることはあるようですが……」

若い武士が言った。

「その道場の名は」

馬場が訊いた。

馬場は江戸で鏡新明智流の道場に通っていたことがあるので、町道場のことは明るかったのだ。

「名は知りませんが」

「その道場は、どこにある」

「小石川《こいしかわ》と聞いていますが」

「小石川のどこだ」

馬場が訊いた。小石川といってもひろいので、見つけるのはむずかしい。

「小石川片町《かたまち》です」

「片町か」

馬場がちいさくうなずいた。それだけ分かれば、つきとめられると思ったらしい。

それから、雲十郎と馬場は柴崎家のことも持ち出してみたが、ふたりの家士はまったく知らないようだった。

「手間をとらせてすまなかった」

雲十郎が礼を言い、ふたりの家士と別れた。

「どうする」

馬場が訊いた。

「ともかく、水島家を見てみよう」

雲十郎たちは、さらに通りを先に進んだ。

二町ほど歩くと、長屋門の脇に松が見えた。長い枝が門の方に伸びている。

「この屋敷だ」

馬場が言った。

ふたりは路傍に足をとめ、屋敷に目をやった。

表門は、五百石の旗本にふさわしい片番所付の長屋門だった。門扉はしまっていた。門番はいないらしい。ただ、脇のくぐりがすこしあいているので、そこから出入りできるようだ。

「荒れた屋敷だな」

馬場が言った。

門扉やくぐりが傷《いた》んでいた。植木屋の手が入らないらしく、長屋門の脇の松も、枝葉がぼさぼさに伸びている。

「これだけの屋敷なら奉公人が何人もいるはずだが、やけに静かだな」

雲十郎が屋敷に目をやって言った。五百石の旗本なら、用人、若党、中間、下男、下女などの奉公人がいるはずである。

「空屋敷ということはあるまいな」

馬場が屋敷に目をやりながら言った。

「くぐりから入れるようだから、屋敷内にはいるだろう」

雲十郎は、もどるか、と馬場に声をかけて踵《きびす》を返した。屋敷を眺めていても仕方がないのだ。

ふたりは、来た道を引き返した。今日は、このまま山元町の借家に帰るつもりだった。


そのとき、水島屋敷の表門のくぐりがあき、ふたりの武士が姿を見せた。老齢の武士と三十がらみの武士である。

老齢の武士は浅黒い肌をし、鷲鼻《わしばな》で、目がギョロリとしていた。額に横皺《よこじわ》が寄っている。もうひとりも、鼻梁《びりょう》が高かった。ふたりの顔付きが似ていた。水島源左衛門と嫡男の郷之助らしい。

「父上、あのふたり、屋敷を見てましたよ」

郷之助が言った。

「柴崎家の者ではないようだな」

「吉村が、畠沢藩の家老と会ったと聞いています。あのふたり、畠沢藩の家臣かもしれませんよ」

「戸賀を介錯した男と介添え人ではないか」

水島が顔をしかめて言った。

「尾けてみます」

郷之助が、雲十郎と馬場の背を見つめながら言った。

「気付かれるなよ」

「なに、ふたりは、おれのことは知らないはずだ」

郷之助は、雲十郎たちの跡を尾け始めた。

6

翌朝、雲十郎と馬場は、おみねが支度してくれた朝餉をすませた後、羽織袴姿に着替えていた。これから、愛宕下まで行くつもりだった。車町の近くにある柴崎家へ行き、柿沼からあらためて水島のことや柴崎の病状などを聞いてみるのだ。

雲十郎の胸の内には、奥方の佐江に会って、水島が口にしたという十五になる男のことを訊いてみたい気もあった。

ふたりが、戸口から通りへ出たとき、こちらに歩いてくるふたりの武士の姿が目にとまった。網代笠をかぶっていた。小袖に袴姿で二刀を帯びている。

雲十郎は、ふたりの足が急に速くなったのに気付いた。

「あのふたり、何者かな」

雲十郎が言った。

「おれたちを襲う気か」

馬場が、左手で刀の鍔元《つばもと》を握って鯉口《こいぐち》を切った。

「いや、襲う気はない」

雲十郎は、ふたりの身辺に殺気がないのを見てとった。

ふたりの武士は雲十郎たちに近付くと、かぶっていた笠を取った。

「なんだ、吉村どのと柿沼どのではないか」

馬場が拍子抜けしたような声で言った。

「どうしたのです、その恰好は」

雲十郎が訊いた。

「いや、襲われないように、顔を隠したのだ。笠をかぶれば、おれたちと気付かれないからな」

吉村が照れたような顔をして言った。

「それは妙案です。下手《へた》に歩きまわると、霜田どのたちの二の舞いですからね」

雲十郎は、正体が知れないように笠をかぶって出歩くのは賢明だと思った。

「ところで、ふたりは、おれたちに用があってきたのでは」

馬場が訊いた。

「そうです。おふたりの耳に、入れておきたいことがあって来ました」

柿沼が声をひそめて言った。

「ともかく、家に入ってくれ。ここで、立ち話をつづけるわけにはいかない」

雲十郎は、ふたりを家のなかに入れた。

座敷に対座すると、

「下働きの者が、帰ってしまったので、茶も淹れられませんが」

雲十郎が、吉村と柿沼に目をやって言った。

「気にしないでくれ。……それより、おれたちの話を聞いてくれ」

吉村が言った。

「何かあったのですか」

馬場が顔をひきしめて訊いた。

「まず、それがしから。……昨日、水島さまが屋敷に見えられたのです」

そう前置きして、柿沼が話しだした。

水島は、病床に伏している柴崎に強引に面会し、早く家督相続の願いを公儀に出すよう迫ったという。

「それがしは、水島さまに寝間から出るよう言われましたが、殿のことが心配なので、お側についている、と強く申し、寝間から出なかったのです」

「水島は、だれに柴崎家を継がせるように言ったのだ」

馬場が身を乗り出して柿沼に訊いた。

「水島さまは、松太郎さまの他に、柴崎家を継ぐ者がいると言われました」

「十五になったという男だな」

「そうです」

「その者の名は、口にしなかったのか」

雲十郎が訊いた。

「名を話しました」

「話したのか！」

思わず、雲十郎の声が大きくなった。

「はい」

「何という名だ」

「依之助《よりのすけ》さま、とのことでした」

「依之助だと。その名に、覚えは」

雲十郎が、吉村と柿沼に目をむけて訊いた。

「ない、まったく」

吉村が言うと、

「それがしも、まったく知らぬ名です」

すぐに、柿沼が言い添えた。

「どういうことだ。……水島家にも、それらしい男はいないようだぞ」

「われらも、依之助という男が、どこにいるか分からないのだ」

吉村が顔をけわしくして言った。

「それで、柴崎さまは、どう言われたのだ。柴崎さまが、ご存じないということはあるまい」

「と、殿は、何もおっしゃらず、困ったような顔をなされ、もうしばらく待ってくれ、とおおせられただけです」

柿沼が言った。

「うむ……」

柴崎が否定しないということは、依之助に覚えがあるからだろう、と雲十郎は思った。

「やはり、隠し子ではないか」

馬場が言った。

「おれも、隠し子かと思ったが……。しかし、これまで、おれも柿沼たちも隠し子のことは知らないのだ。ずっと、兄上のそばにいる義姉上《あねうえ》さえ、気付かなかったのだからな」

吉村は、信じられないといった顔をした。

「それで、水島は、どう言ったのだ」

「十日ほどしたら、また来るから、それまで腹を固めておいてくれと言われ、お帰りになりました」

柿沼は困惑したように顔をゆがめていた。

「十日か。柴崎さまがどう決意されるか分からないが、何とかせねばならないな」

「おれからも、兄上に話しておくが、その依之助という男が何者なのか分からないと、どうにもならないな」

そう言って、吉村が肩を落とした。

「とにかく、水島の身辺を洗ってみよう。依之助が、何者か分かるはずです」

雲十郎は、依之助は水島の身辺にいるとみていた。それに、依之助の母親も、どこかにいるはずである。

7

雲十郎と馬場は、朝餉を終えて一休みしてから山元町の借家を出た。今日は、本郷《ほんごう》に行くつもりだった。水島兄弟が通っていたという一刀流の道場をつきとめ、兄弟のことを訊いてみるのだ。

曇天だった。風がなく、大気のなかにむっとするような暑熱があった。ふたりは、山元町の通りを内堀にむかって歩いた。昌平橋のたもとまでは、神田小川町に行ったときと同じ道筋である。

五ツ（午前八時）過ぎだった。山元町の通りはひっそりとして、人影はすくなかった。男たちはそれぞれの仕事場で仕事を始め、女たちは朝餉の片付けを終えて一休みしているところである。

　雲十郎と馬場は、道沿いの店がとぎれた寂しい場所に通りかかった。そのとき、ザザザッ、と笹藪《ささやぶ》を分ける音がひびき、空き地に群生している笹藪の陰から人影が飛び出してきた。

　三人——。ひとりは雲水、他のふたりは武士体である。

「やつらだ！」

　馬場が叫んだ。

　雲十郎も雲水の姿を見て、霜田と谷村を襲った者たちだと察知した。霜田たちは、ふたりに襲われたらしいが、目の前にいるのは三人だった。ひとりくわわったらしい。

　雲水は雲水笠で、ふたりの武士は網代笠をかぶっていた。三人は、雲十郎たちにむかって疾走《しっそう》してくる。

「馬場、笹藪を背にしろ！」

　雲十郎が叫んだ。

　敵はひとり多い。背後にまわられるのを防がなければならない。

　雲十郎と馬場は、すばやい動きで笹藪を背にして立ち、ふたりが刀をふるえるだけの間をとった。

三人はばらばらと走り寄り、雲十郎の前に雲水が立ち、武士のひとりが左手にまわり込んだ。もうひとりの武士は、馬場の正面に立った。

「うぬらだな、霜田どのたちを襲ったのは」

雲十郎が雲水に強い口調で訊いた。

雲水は巨軀だった。胸に大きな布袋を下げている。

「知らぬ」

雲水は低い声で言い、雲水笠を取った。笠をかぶっていては、鎖鎌は遣えないからであろう。

坊主頭で、大きな顔をしていた。眉が濃く、ギョロリとした目をしている。

ふたりの武士も、かぶっていた笠を取り、路傍に投げ捨てた。雲十郎と馬場は、ふたりの武士を知らなかった。初めて見る顔である。

「だれに頼まれて、おれたちを襲う」

雲水たちが、辻斬りや追剝ぎの類でないことははっきりしていた。畠沢藩ともかかわりはない。雲十郎たちを討とうとしているのは、だれかの依頼があったからであろう。

「問答無用！」

雲水は、胸の布袋から鎖鎌を取り出した。

雲十郎は刀の鯉口を切り、柄に右手を添えた。抜刀体勢をとったのである。

雲水は左手に鎌を握り、右手で鎖を持った、まだ、鎖をふりまわさず、分銅を垂らしている。

……長い鎌だ！

鳶口のように長い鎌だった。柄が二尺ちかくある。

雲十郎は大きく間合をとらなければ、鎌の攻撃も受ける、とみてとった。

ふたりの間合は、およそ二間半ほどあった。

雲水がゆっくりと鎖をまわし始めた。鎖を長くとっており、分銅が大きな円を描いてまわっている。

……居合は遣えない！

と、雲十郎は察知した。

雲十郎は田宮流居合の遣い手だった。こうしたおりは、居合で立ち向かうことが多い。だが、鎖鎌に居合を遣うのはむずかしかった。

雲水がふりまわしている分銅のついた鎖は長く、大きな円を描いていた。半径が刀身の二倍はあろう。その回転する鎖の下をかいくぐって雲水に接近しなければ、居合は遣えないのである。

雲十郎は抜刀し、青眼に構えると、切っ先を雲水の喉元にむけた。

雲十郎につづいて、左手に立った武士も刀を抜き、八相に構えた。刀身を高くとった大きな構えである。顔が浅黒く、眼光の鋭い男だった。中背で肩幅がひろく、胸が厚かった。武芸の修行で鍛えた体らしい。

雲十郎は左手に立った武士の構えを目にし、

……こやつも、遣い手だ！

と、察知した。

武士の構えには隙がなかった。どっしりと腰が据わっていた。それに、身辺には真剣勝負でひとを斬ってきた者のもつ凄みがあった。

ビュン、ビュン、と音をたてて、雲水の手にした鎖がまわっている。回転が速く、雲十郎の目にも分銅は見えなかった。

雲水が、ジリジリと間合を狭め始めた。雲十郎は雲水の気配と、鎖のまわる音で分銅のまわっている距離をつかまねばならない。分銅が頭や顔に当たれば、一撃で命を失う。

雲十郎は鎖のまわる音で、分銅が間近に迫ってきたのを感じた。

そのときだった。雲水が一歩踏み込みざま、鎖を握っていた右手を前に振った。

……くる！

察知した雲十郎は、後ろに跳んだ。

次の瞬間、分銅が鼻先をかすめて横に疾《はし》った。

さらに、雲十郎は背後に飛んだ。次の鎖の回転で、分銅が頭部を襲うはずだ。

……分銅で、頭を狙っている！

と、雲十郎は察知した。

鎖を刀に巻き付けて引き寄せ、鎌で斬るのではない。鎖を回転させ、分銅を頭や顔にたたきつけて仕留めるのだ。

鎖の回転が速く、雲十郎は切っ先のとどく間合に踏み込めなかった。身を引くしか、分銅から逃れる術《すべ》はない。

雲十郎の全身に鳥肌がたった。このままでは、鎖鎌の餌食《えじき》になる。

雲水はジリジリと間合をつめてきた。雲十郎は、同じ間合を保つために後じさる。

ふいに、雲十郎の足がとまった。背後に空き地の叢《くさむら》が迫り、それ以上下がれなくなったのだ。叢に踏み込めば、よけい動きが封じられて分銅をかわすことがむずかしくなる。

雲水は趾《あしゆび》で地面を這うようにして迫ってくる。

……身を捨てて、飛び込むしかない！

雲十郎が、頭のどこかでそう思ったときだった。

何かが、雲水の背に当たる音がし、身をのけ反《ぞ》らせた。鎖の回転が乱れた。雲水は慌てて後じさった。

さらに、何かが地面を打つ音がし、雲水の足元に転がった。石礫だった。だれかが、雲水の背後から石礫を打ったのだ。石礫は次々に飛来し、雲水の背や袴に当たった。

雲水だけではなかった。雲十郎の左手にいた武士にも、馬場と対峙していた武士にも石礫が飛来した。

雲水はさらに後じさり、

「なにやつ！」

と叫んで、振り返った。まだ、鎖は回転させている。

雲水の背後も空き地になっていた。その空き地の一角に、笹藪が群生していた。その笹藪の陰に人影がある。ひとりではないのか、笹藪が揺れ、いくつかの人影が動きながら石礫を打っているように見えた。

「引け！　引け！」

左手にいた武士が、叫んだ。

雲水は鎖の回転をとめ、すばやく手繰《たぐ》り寄せると、

「おぬし、命拾いしたな」

と言い置き、踵を返してその場から駆け去った。巨軀だが、走るのは速い。

他のふたりも、雲水の後を追って走りだした。

雲十郎は抜き身を手にしたまま、石礫の飛来した笹藪に目をやった。

笹藪が揺れ、人影が路地に姿を見せた。ひとりだった。すばやく動きながら石礫を打っていたため、何人かいるように見えたらしい。

柿色の筒袖と同色の裁着袴《たっつけばかま》に身をつつんでいた。忍び装束《しょうぞく》である。

……ゆいだ！

雲十郎は、ほっそりしたしなやかな姿に見覚えがあった。梟組《ふくろうぐみ》のゆいである。

「ゆいどのだ！」

馬場が、抜き身を引っ提《さ》げたまま声を上げた。馬場もゆいを知っていたのだ。

雲十郎は馬場に目をやった。左袖が裂けていたが、血の色はなかった。敵刃を受けずに済んだらしい。

畠沢藩には、梟組と呼ばれる特殊な組織があった。城代家老の許《もと》に、領内から刀槍、手裏剣、弓などの遣い手、人並はずれて身軽な者、変装術に長《た》けた者などをひそかに集めて組織された隠密《おんみつ》集団である。

身分は様々だった。藩士だけでなく、足軽や小者などの身分の低い者や郷士などからも集められていた。ゆいも梟組のひとりである。

これまで、雲十郎と馬場は、藩内で起こった事件のおりに、ゆいとともに闘ったことがあったのだ。

「鬼塚さま、馬場さま、またお会いできましたね」

ゆいが、口許に笑みを浮かべて言った。

「ゆい、江戸にもどったのか」

雲十郎が訊いた。

ゆいは、江戸から国許に帰っていたのだ。

「はい、国許のご家老のお指図で、半月ほど前に出府いたしました」

ゆいたち梟組の者は、国許の城代家老、粟島与左衛門の命で動いていたのである。

「江戸での任務は」

雲十郎が訊いた。

「江戸のご家老から国許に、梟組の者を出府させてほしいとの依頼があったようです」

江戸の家老は、小松東右衛門である。

「小松さまに、何をするよう言われたのだ」

「鬼塚さまたちに助勢するよう、命ぜられました」

ゆいが、雲十郎と馬場を見つめながら言った。

「そういうことか」

どうやら、小松が城代家老の粟島に頼んだらしい。おそらく、小松は表沙汰《おもてざた》にならないように、ひそかに頼んだのだろう。粟島も、柴崎が藩のために尽力《じんりょく》してくれたことを知っていて、江戸で家中に騒動があったとき、力を発揮したことのあるゆいを江戸にむけたにちがいない。

「それにしても、ゆいは雲水たちのことを知っていたのか」

雲十郎が訊いた。

「一昨日、鬼塚さまたちの跡を尾けているうろんな武士を目にし、もしやと思い、鬼塚さまたちに目を配っていたのです」

「一昨日といえば、水島家を探りにいった日だな。あのとき、跡を尾けられたのではないかな」

馬場が言った。

「いずれにしろ、ゆいのお蔭で命拾いしたな」

ゆいがいなかったら、雲水たちに斃されていただろう、と雲十郎は思った。

第三章　荒れ道場

1

「この辺りだと、思うがな」

馬場が、路地を歩きながら言った。

雲十郎と馬場は、小石川片町に来ていた。水島家の嫡男、郷之助と次男、俊次郎が通っていた一刀流の道場を探し、門弟からふたりのことを聞いてみようと思ったのである。

小石川に来てから、通りすがりの武士に一刀流の道場のことを訊くと、

「たしか、この先にあったような気がしますが……」

通りの先を指差しながら言った。はっきりしないらしい。

ふたりはしばらく通りを歩いてから、

「道場らしい建物はないいな」

雲十郎が路地に目をやりながら言った。

「訊いた方が早いな」

「あの武士は、どうだ」

前方から羽織袴姿の武士が歩いてくる。御家人らしく、供は中間ふたりだけだった。

雲十郎と馬場は武士に近付くと、

「お伺いしたいことが、ござるが」

と、馬場が声をかけた。

「何かな」

武士は訝《いぶか》しそうな目で馬場を見た。初老だった。痩身で、背がすこしまがっている。

「この辺りに、剣術の道場があると聞いてまいったのだが、ご存じでござろうか」

「はて、剣術道場があったかな」

武士は小首をかしげた。

「一刀流の道場ですが」

「一刀流な。……あの道場かな」

武士が思い出したように言った。

「ご存じですか」

「剣術道場はあったが、いまは門をとじているぞ」

武士によると、四、五年前に門をとじて、そのままになっているという。

「どこですか」

「ここから三町ほど歩くと、四辻がある。そこを左手に入れば、すぐだ。行けば分かるだろう」

「行ってみます」

雲十郎と馬場は、武士に礼を言ってからその場を離れた。

路地を三町ほど歩くと、四辻があった。雲十郎たちは、左手の路地に入った。

そこは、寂しい路地で、小体な店や仕舞屋《しもたや》などがまばらに建っていたが、空き地や草薮なども目についた。

「あれではないか」

雲十郎が指差した。

路地沿いに、剣術道場らしい建物があった。家の側面が板壁になっていて、武者窓があった。だいぶ古い建物で、板壁が所々剝げ落ち、庇《ひさし》は垂れ下がっている。

「道場だな。近付いてみるか」

ふたりは道場に近付いた。表戸はしまっていた。ひっそりとして、物音も話し声も聞こえない。

「だれもいないようだ」

馬場が小声で言った。

「近所で訊いてみるか」

「そうだな」

ふたりは、路地の左右に目をやった。

「あの八百屋《やおや》で訊いてみよう」

路地沿いに、小体な八百屋があった。店先の台に、青菜や茄子《なす》などが並べてある。

ふたりは、八百屋に足をむけた。店先から覗くと、親爺らしい男が漬物樽の脇に立っていた。瓜《うり》を載せた笊《ざる》を手にしている。店先に並べようとしているところらしい。

雲十郎は店に入り、

「ちと、訊きたいことがあるのだがな」

と、親爺に声をかけた。馬場は、店先に残っていた。ふたりで入るには、店のなかが狭かったのだ。

「へえ……」

親爺は、腰をかがめながら不安そうな顔をした。いきなり、武士が店に入ってきたからだろう。

「この先に、剣術の道場があるな」

「ありやすが」

「道場主の名を知っているか」

「景山槙右衛門《かげやままきえもん》さまで」

「景山どのな」

雲十郎は、聞いた覚えのない名だった。馬場なら知っているかもしれない。

「道場はしまっているようだが、景山どのはいないのかな」

「おりやすよ」

「いるのか」

「へい、裏手に家がありやしてね。そこに、住んでいるはずでさァ」

「裏手にな。……独りで住んでおられるのか」

「ご新造さんと、いっしょでさァ。それに、客人が何人か寝泊まりしているようですよ。ちかごろは、あまり見掛けやせんが」

「門弟に、水島郷之助と俊次郎という兄弟がいたはずだが、知っているかな」

「さァ……。知りませんねえ」

そう言って、親爺は手にした瓜に目をやり、その場を離れたいような素振りを見せた。いつまでも、話しているわけにはいかないと思ったようだ。

「手間をとらせたな」

雲十郎は店から出ると、馬場と道場にむかいながら、

「道場主は、景山楨右衛門という名だそうだ」

と、話した。

「景山……」

馬場は記憶をたどるように虚空《こくう》に目をむけていたが、

「名は聞いたような気がするが、はっきりしない」

と、つぶやくような声で言った。

「裏手に住んでいるそうだ。覗いてみるか」

「いいだろう」

ふたりは道場の手前で足をとめ、裏手に目をやった。

道場につづいて、古い家屋があった。思ったより、大きな家だった。そこが、道場主の住居らしい。

2

雲十郎と馬場は、道場の戸口に身を寄せて耳をすませた。裏手にまわる前に、道場の様子を見ておこうと思ったのである。道場のなかは、森閑《しんかん》として物音も話し声も聞こえなかった。

「だれもいないようだ」

馬場が言った。

「なかを覗いてみるか」

雲十郎と馬場は、道場の脇を通って裏手にむかう途中、板壁が剝げて道場のなかの見える場所があったので、覗いてみた。

道場内は荒れていた。埃《ほこり》が積もり、床が所々抜けていた。師範座所の畳も、ぼろぼろである。

「ひどい荒れようだ」

雲十郎が言った。

「何年も、使っていないな」

「つぶれて久しいようだ」

ふたりは、小声で話した。

「裏手へ行ってみよう」

道場の脇を抜けると、母屋《おもや》の戸口が見えた。大きな古い家で、四、五間はありそうだった。狭いが庭もある。ただ、長い間手入れされていないとみえ、雑草が生《お》い茂《しげ》り、庭木の梅や紅葉《もみじ》などはぼさぼさだった。

雲十郎と馬場は、庭の隅《すみ》で枝葉を茂らせていたつつじの樹陰に身を隠した。

「おい、だれかいるようだぞ」

馬場が声をひそめて言った。

母屋から話し声が聞こえた。くぐもった声で、何を話しているか聞き取れなかったが、男の声であることは分かった。ふたりでなく、三人いるらしい。

「だれか、来ているようだぞ」

雲十郎が言った。

ひとりは道場主の景山としても、他のふたりは家の者ではないだろう。

「どうする、もうすこし近付いてみるか」

「そうだな」

雲十郎は、男たちが何を話しているか聞いてみたかった。

ふたりが、つつじの陰から出ようとしたときだった。急に話し声が大きくなり、足音が戸口近くで聞こえた。

「待て！　出てくるぞ」

雲十郎と馬場は、すぐに樹陰にもどった。

表の引き戸があき、男たちが姿を見せた。

「三人だ！」

馬場が声をひそめて言った。

戸口から出てきたのは、三人だった。いずれも、武士らしい。

「あやつ、おれたちを襲ったひとりだぞ」

雲十郎は、その男の顔と体軀に見覚えがあった。

雲水とふたりの武士に襲われたとき、雲十郎の左手にまわり込んできた浅黒い顔をした武士である。

ひとりは初老だった。瘦身だが、どっしりと腰が据わり、立居にも隙がなかった。道場主の景山ではあるまいか。

「お師匠《ししょう》、そのうち、柳橋にでもご一緒しましょう」

もうひとりの三十がらみと思われる武士が、初老の武士に声をかけた。やはり、初老の武士が景山である。

「わしは、柳橋まで出かけて飲む気にはなれんな」

景山が苦笑いを浮かべて言った。

「そう言わず、たまには出かけた方がいいですよ。気晴らしになりますから」

三十がらみの男が言った。

「水島と瀬戸《せと》のふたりで行けばよかろう」

景山が、ふたりの武士に目をやって言った。

「おい、あれは水島兄弟のひとりだぞ」

馬場が雲十郎の耳元に顔を寄せ、声を殺して言った。

「兄の郷之助だな」

年格好は、三十がらみだった。兄の郷之助とみていいようだ。もうひとりの武士の名も分かった。瀬戸である。

どうやら、瀬戸も景山道場の門弟だったようだ。おそらく、郷之助は同門ということで、瀬戸とつながったのだろう。郷之助は、霜田と谷村を襲った雲水たちとも、つながりがあるのではあるまいか。

「お師匠、また、寄せてもらいますよ」

郷之助がそう言い、瀬戸とふたりで戸口から離れた。

ふたりは、雲十郎たちの近くに来なかった。雲十郎たちとは離れている庭の隅を通って、路地にむかった。そこに、小径があるらしい。

景山は郷之助たちが戸口から離れると、踵を返して家に入った。

「どうする」

馬場が雲十郎に訊いた。

「郷之助たちの跡を尾けよう」

雲十郎たちはつつじの陰から出ると、道場の脇を通って路地に出た。

「あそこだ」

馬場が路地の先を指差した。

郷之助と瀬戸の後ろ姿が見えた。ふたりは何やら話しながら歩いていく。

「尾けよう」

雲十郎と馬場は、郷之助たちの跡を尾け始めた。ふたりは、郷之助たちから大きく間をとった。郷之助たちは、雲十郎と馬場を知っているはずだった。振り返って雲十郎たちを目にすれば、気付くだろう。

郷之助たちは武家屋敷のつづく通りを南にむかい、水戸家の上屋敷の脇を通り、神田川にかかる水道橋《すいどうばし》を渡った。そして、神田川沿いの道をしばらく東に歩いた後、右手におれた。

「おい、郷之助は、自分の屋敷に帰るのではないか」

馬場が言った。

郷之助たちが入ったのは、小川町につづく通りだった。

「そうらしい」

雲十郎も、郷之助は自邸に帰るのだろうと思った。

「どうする」

「もうすこし尾けてみよう。瀬戸の行き先をつきとめたい」

雲十郎と馬場は、郷之助たちの跡を尾けた。

郷之助と瀬戸は、水島家の屋敷に入った。

雲十郎たちは水島家の屋敷が見える物陰に身を隠してしばらく見張ったが、瀬戸は屋敷に入ったまま出てこなかった。

雲十郎と馬場は、半刻（一時間）ほど屋敷を見張ったが、あきらめて山元町の借家にもどることにした。

3

ゆいは、ちいさな稲荷《いなり》の境内《けいだい》にいた。そこは小川町で、稲荷から一町ほど先に水島家の表門が見えた。遠方だが、そこから水島家を見張っていたのである。

ゆいは女の門付《かどづけ》（鳥追《とりおい》）の恰好をしていた。花柄の着物姿で、三味線《しゃみせん》と菅笠を脇に置いていた。稲荷の祠《ほこら》につづく石段に腰を下ろし、境内をかこった杜《もり》の椿《つばき》や樫《かし》の葉叢《はむら》の間から水島屋敷の表門に目をやっている。通りすがりの者が見たら、門付が木陰で一休みしていると思うだろう。

昨日、ゆいは雲十郎と会い、馬場とふたりで小石川片町の道場を探ったことや郷之助と瀬戸の跡を尾けたことなどを聞いた。

そのとき、雲十郎が、

「水島屋敷を見張るつもりだ。おれたちを襲った雲水や他の仲間が、屋敷に顔を出すかもしれない」

と、話した。

「それなら、わたしが見張ります。……雲十郎さまや馬場さまは、水島たちにお顔が知れておりましょう」

そう言って、ゆいが見張ることになったのだ。

ゆいが、その場で見張り始めて一刻（二時間）ほど過ぎていた。八ツ半（午後三時）ごろであろうか。陽は西の空にまわっていたが、まだ陽射しは強かった。

それから、小半刻（三十分）ほど過ぎたとき、水島屋敷の表門の前に人影があらわれた。武士が三人だった。いずれも羽織袴姿で二刀を帯びている。

三人の武士は、ゆいのいる稲荷の方へ歩いてくる。

……ひとりは、瀬戸らしい。

ゆいは、すぐに分かった。雲十郎から人相と体軀を聞いていたからである。それに、ゆいは雲十郎たちが山元町で襲われたとき、遠方からだが、瀬戸の姿を目にしていたのだ。

……あとのふたりは、水島兄弟のようだ。

と、ゆいは思った。

ふたりの顔が似ていたし、話に聞いていた兄弟の年格好である。

三人はなにやら話しながら、武家屋敷のつづく小川町の町筋を神田川の方にむかっていく。

ゆいは菅笠をかぶり、三味線を手にすると、稲荷の境内から出て瀬戸たち三人の跡を尾け始めた。物陰に身を隠したりせず、道のなかほどを歩いていく。瀬戸が振り返ってゆいの姿を目にしても、女の門付が尾行しているとは思わないだろう。

瀬戸たちは神田川沿いの道に出ると、東に足をむけた。そして、昌平橋を渡ったが、そのまま神田川沿いの道を東に歩き、浅草《あさくさ》御門の前を通って柳橋に入った。

瀬戸たちは料理茶屋や料理屋などのつづく賑やかな通りに出ると、しばらく歩いてから老舗の料理屋らしい店の前で足をとめた。瀬戸たちは、料理屋に来たらしい。

ゆいは、三人が格子戸をあけて店に入るのを待ってから、店先に近付いた。

料理屋は、瀟洒《しょうしゃ》な感じのなかにも老舗らしい落ち着きがあった。店の脇につつじと松の植え込みがあり、ちいさな石灯籠《いしどうろう》と籬《まがき》が配置されていた。戸口に掛《かけ》行灯《あんどん》があり、紀乃屋《きのや》と書かれていた。

……飲みに来たらしい。

ゆいは、すぐに店先から離れた。

まだ陽は西の空にあったが、樹陰や軒下などには淡い夕闇が忍び寄っている。

ゆいはさらに東に歩き、店仕舞いした下駄屋を目にすると、店の脇の暗がりに入って、三味線と菅笠を隠した。そして、手甲脚半を取り、着物の裾を下ろした。

ゆいの姿は、柳橋の賑やかな通りでよく目にする料理茶屋や料理屋の女中のように見えた。柳橋の繁華街では、門付の姿はかえって目立つのである。

ゆいは紀乃屋の近くにもどり、物陰に身を隠して紀乃屋から客が出てくるのを待った。そして、常連らしい客をつかまえて、瀬戸や水島兄弟のことを訊いてみた。だが、瀬戸や水島兄弟のことを知る者はいなかった。

ゆいは、出直すことにした。

翌日の昼前、紀乃屋があいて間もないころ、ゆいは料理屋の女中らしい恰好で、店の裏手にまわった。

裏手にも路地があり、店の背戸から出入りできるようになっていた。紀乃屋に勤めている包丁人、女中、下働きなどが出入りしているらしい。

ゆいは隣の店との間に入って身を隠し、話の聞けそうな紀乃屋の奉公人が姿を見せるのを待った。

小半刻（三十分）ほど待ったろうか。下駄の音がし、色白の大年増が姿を見せた。ちいさな風呂敷包みを胸にかかえていた。子持ち縞《じま》の単衣《ひとえ》を粋《いき》に着こなしている。年季の入った座敷女中かもしれない。

ゆいは、路地に出ると、大年増に近付き、

「姐《ねえ》さんは、紀乃屋にお勤めですか」

と、小声で訊いた。

「そうだけど。……おまえさんは」

大年増は、ゆいの顔を覗くように見ながら訊いた。

「あたし、薬研堀《やげんぼり》にあるお店で、働かせてもらってるんです。たまたま、昨日、紀乃屋さんの前を通りかかって、目にした方がいるもので……」

ゆいは、言いにくそうな顔をした。

薬研堀にも、老舗の料理屋や料理茶屋があり、柳橋に出入りする客のなかには薬研堀にある店を贔屓にしている者もいる。それで、ゆいは薬研堀の店に勤めていることを口にしたのだ。

「だれを目にしたんだい」

大年増が、ゆいに身を寄せて訊いた。

「あたしが、世話になったお武家が、紀乃屋さんに入るのを見たんです」

「お武家って、だれだい」

大年増の目に好奇の色が浮いた。ゆいの話に、興味を持ったらしい。

「水島郷之助さまです」

ゆいは、郷之助の名を出した。

「ああ、郷之助さま……」

大年増がちいさくうなずいた。郷之助のことを知っているらしい。

「郷之助さまは、女の方といっしょでしたか」

ゆいは、大年増にしゃべらせようと思い、焼《や》き餅《もち》を焼いているような口振りで訊いた。

「いっしょに来たのは、お武家さんですよ。それも、ごいっしょしたのは、弟さんと瀬戸勘三郎《かんざぶろう》さまという方ですから」

「郷之助さまは、ご兄弟でいらっしゃったのですか」

ゆいは、驚いたような顔をして見せた。

「郷之助さまは、よくご兄弟でみえますよ。……ご兄弟だけではなく、お父上の源左衛門さまもごいっしょのときがありますから」

「お父上も、ごいっしょに！」

ゆいは、驚いたような顔をした。

「でも、ちかごろは見えなくなったみたい。……以前は、お父上の源左衛門さまが馴染《なじ》みにしている女中《ひと》がいましてね。よく見えたらしいんですよ。でも、ずいぶんむかしの話で、あたしがまだねんねのころのことですよ」

「姐さんが、ねんねのころ……」

十数年も、むかしのことらしい。そのころから、源左衛門は紀乃屋を贔屓にしていたようだ。

「その女中《ひと》、なんという名ですか」

ゆいは、その女中にも話を聞いてみたいと思った。

「さァ、分からないねえ。むかしのひとに、訊けば分かるんじゃやない」

大年増は、素っ気ない言い方をした。いつまでも、店の近くで立ち話をしているわけにはいかないと思ったらしい。

「郷之助さまは、他の方といっしょのときもあるんですか」

ゆいは、さらに訊いた。

「ありますよ。変わった方も、いっしょに来ますよ」

「変わった方って？」

「町医者ですよ」

「町医者ですか」

ゆいは聞き返した。

「そう、大柄で、坊主頭の旦那」

大年増は、あたし、行くよ、いつまでも油を売ってるわけにはいかないからね、と言い置き、そそくさと紀乃屋の背戸にむかった。

……雲水だ！

ゆいが、胸の内でつぶやいた。

町医者という触れ込みで、水島たちと紀乃屋に姿を見せることがあるらしい。

4

蛙《かえる》が鳴いていた。家の脇の溝近くらしい。

雲十郎は、借家の縁側にいた。半刻（一時間）ほど前から膝先に貧乏徳利《びんぼうどっくり》を置いて、湯飲みで酒を飲んでいた。

夕餉のときに、馬場といっしょに飲み始めたのだが、しばらく飲むと、馬場は眠くなったと言って、寝間に入ってしまった。馬場は巨軀のわりに酒は弱く、飲むとすぐに眠くなるようだ。

雲十郎は飲みたりなかったので、貧乏徳利を持って縁先に出たのだ。涼気をふくんだ夜風が、酒気でほてった肌に心地好かった。

十六夜《いざよい》の月が、皓々《こうこう》とかがやいている。

そのとき、戸口の方でかすかな足音がした。常人とはちがう忍び足である。

……ゆいか！

雲十郎は、その足音に聞き覚えがあった。ゆいは夜陰にまぎれ、ひそかに雲十郎の許に来ることがあったのだ。

これまで、雲十郎はゆいと何度か事件にあたり、ふたりで死の淵に立たされたこともあった。そうしたなかで、心を通じ合う仲になったのだが、雲十郎は介錯人、ゆいは梟組だった。特殊な役柄のふたりは、心の内の想いを表に出すようなことはほとんどなかった。足音の方に目をやると、月光のなかにゆいの忍び装束が浮かび上がった。ゆいは頭巾をしていなかった。ゆいは、雲十郎に会いにくるとき、姿を隠すようなことはしなかったのだ。

月光のなかに、ゆいの顔が白く浮かび上がったように見えた。

ゆいは縁側にいる雲十郎の前まで来ると、腰を低くし、地面に片膝を突いて頭を下げようとした。

「ゆい、堅苦しいことはしなくていい。ここに、腰を下ろしてくれ」

雲十郎が声をかけた。

「はい……」

ゆいは縁側に近付き、そっと腰を下ろした。

夜間、雲十郎とゆいは、そうやって話すことが多かったのだ。

「馬場さまは」

ゆいが訊いた。縁側の奥の座敷にも、馬場のいる気配がなかったからだろう。

「寝たよ。酒を飲むと、眠くなるようだ」

雲十郎が苦笑いを浮かべた。

「そうですか」

ゆいは、座敷の方へ目をやって笑みを浮かべた。

「ゆい、何か知れたのか」

雲十郎は、ゆいが何か知らせることがあって、姿を見せたと思ったのである。

「はい、水島兄弟や瀬戸たちのつながりが、だいぶみえてきました」

ゆいは、そう前置きし、水島家を見張り、水島兄弟と瀬戸が柳橋の紀乃屋という料理屋に入ったことを話した。

「紀乃屋な」

雲十郎は紀乃屋を知らなかった。

「紀乃屋には、雲水も町医者と偽《いつわ》って姿を見せたようです」

「水島たちと、いっしょにか」

「そうです」

「これで、つながりがはっきりしたな」

水島兄弟と瀬戸は、景山道場でつながったらしい。雲水はどこで知り合ったか分からないが、紀乃屋にいっしょに来ていることからみても、水島兄弟とつながりがあるのはまちがいない。

「雲十郎さまたちを襲った三人のなかには、もうひとり、武士がいましたが……」

ゆいは、ふたりだけになると、雲十郎さまと名を呼んでいた。

「馬場と立ち合った男だな」

雲十郎に、立ちむかってきたのは雲水と瀬戸だった。馬場にむかってきた武士は、まだ何者か分からない。

「やはり、景山道場とかかわりがあるかもしれんな」

もうひとりの武士も、腕が立った。剣の修行を積んだ者とみていい。

「それに、気になることを耳にしました」

ゆいが言った。

「気になるとは」

「水島兄弟の父親も、紀乃屋を贔屓にしているようです」

「水島源左衛門も、その店に出入りしているのか」

「しかも、だいぶ前からのようです」

「前というと」

「はっきりしませんが、父親は十数年前から紀乃屋に来ているようです。そのころ、馴染みにしていた女中《ひと》がいたそうです」

ゆいによると、話を聞いた大年増は、三十ちかいように見えたという。その大年増が、わたしがねんねのころ、と口にしたそうだ。そのことから、ゆいは、父親が十数年前から紀乃屋に来ているとみたらしい。

「十数年前だと」

そのとき、雲十郎の脳裏《のうり》に、源左衛門が柴崎家で口にしたという、十五になる依之助という男のことがよぎった。

「依之助は、源左衛門の隠し子では……」

雲十郎は言いかけて口をとじ、いっとき間を置いてから、

「そんなことはないいな」

と、言い足《た》した。

源左衛門が紀乃屋で馴染みにした女中に子を産ませたとしても、その子を柴崎家の跡取りにするようなことはできないはずだ。源左衛門がその男のことを持ち出しても、柴崎は取り合わないだろう。

「いずれにしろ、十五になる男が何者なのか、つきとめねばならないな」

「はい」

ゆいが、うなずいた。

「ゆい、しばらく源左衛門と水島兄弟の身辺を探ってくれんか。どこかに、十五になる男がいるはずだ」

「心得ました」

ゆいが、うなずいた。

「油断するなよ。いずれも、遣い手だ」

「はい、雲十郎さまも、ご油断なさらぬよう」

そう言って、ゆいが立ち上がった。

5

雲十郎は、左手で刀の鯉口を切り、右手を柄に添えた。三間半ほどの間を置いて、正面に立っている巻藁を見すえ、居合腰に沈めて身を低くした。

雲十郎はすばやい摺《す》り足で巻藁に身を寄せ、

タアッ！

鋭い気合を発し、抜きつけた。

腰元から閃光が逆袈裟にはしり、サバッ、という音がして、巻藁が両断され、わずかに水飛沫が飛んだ。

雲十郎は納刀し、両断された巻藁の前に立った。

……斬れぬ！

雲十郎が胸の内でつぶやいた。

山田道場の稽古場だった。雲十郎は巻藁を鎖鎌を手にした雲水にみたて、居合で斬ろうとしていたのだ。

雲十郎は雲水と初めて立ち合ったとき、居合は遣えない、と察知した。分銅のついた鎖を振りまわす距離は、居合で抜きつける間合より遠い。そのため、雲水は居合の間合の外で、攻撃を仕掛けることができるのだ。

だが、雲十郎は居合を遣わずに雲水を討つのはむずかしい、とみていた。

……横霞《よこがすみ》を遣ってみるか。

雲十郎には、横霞と呼ばれる抜きつけの必殺技があった。

ちなみに、雲十郎が工夫して身につけた必殺技は、横霞の他に縦稲妻《たていなずま》と十文字斬りがあった。

横霞と縦稲妻は、それぞれ独自の技だが、十文字斬りは横霞と縦稲妻を組み合わせたものである。

雲十郎は、ふたたび巻藁を前にして立った。巻藁は、すでに上の方が斬り落とされていたが、横霞を試すには差し障《さわ》りなかった。

巻藁との間合を三間半ほど──。

雲十郎は居合の抜刀体勢をとると、つつッ、とすばやい寄り身で間合をつめ、居合をはなつ間合に踏み込むすこし手前で、鋭い気合とともに抜きつけた。

刹那、閃光が横一文字にはしった。

迅《はや》い！　一瞬の動きである。

横霞は、抜きつけの一刀を、敵の胸のあたりを狙って横一文字に払う技である。通常の抜きつけより迅く、しかも腕を伸ばすためにすこし遠間から仕掛けられる。

斬撃が迅く、敵の目には横にはしる閃光が一瞬映じるだけだった。そのため、横霞と呼ばれていた。

切っ先が、巻藁をすこしだけ斬り落とした。

……だめだ！

と、雲十郎は思った。

雲水の遣う分銅のついた鎖は長い。雲十郎が居合をはなつ間合につめる前に、雲水は鎖のついた分銅で頭を狙って打ち込むだろう。

横霞の迅い抜きつけでも、雲水が分銅をはなつ方が迅い、と察知した。それに横霞は刀身を横に払うために、胸から上に隙ができる。分銅で頭を狙われると、かわすことができないのだ。

……ならば、縦稲妻か。

雲十郎は、また三間半ほどの間合をとり、雲水とみたてた巻藁と対峙した。

雲十郎は柄に右手を添え、居合の抜刀体勢をとった。全身に気魄《きはく》を込め、敵に抜刀の気配をみせておき、タアッ！と鋭い気合を発し、すばやい寄り身で抜きつけの間合に踏み込んだ。

次の瞬間、雲十郎の全身に抜刀の気がはしった。

イヤアッ！

裂帛の気合を発し、雲十郎が抜きつけた。

刹那、稲妻のような閃光が縦にはしった。

サバッ、と音がし、巻藁が縦に裂けた。切っ先が、一尺ほど巻藁のなかに食い込んでいる。

これが、縦稲妻だった。気合や動きで対峙した敵の気を乱し、一瞬の隙をついて居合の抜きつけの間合に踏み込み、抜きつけの一刀を敵の真っ向へふるう。刀を手にした敵であれば、頭を縦に斬り割ったはずである。

……だが、雲水は斬れない！

と、雲十郎は思った。

ただ、雲水の鎖のついた分銅で頭や顔を狙う攻撃は、防げるような気がした。真っ向へ斬り下ろすために、抜刀した瞬間、刀身をふりかぶる。そのため、振り下ろすまでの間は、頭部や顔への攻撃を防ぐことができるのだ。

雲十郎は、十文字斬りを試してみようと思い、巻藁から四間ほどの間合をとって対峙した。すこし、遠間から仕掛けてみるつもりだった。

雲十郎が巻藁と対峙したとき、西林《にしばやし》という若い門弟が、戸口から足早に近付いてきた。

西林は雲十郎のそばに来ると、

「鬼塚どの、馬場どのがみえてます」

と、声をかけた。

馬場は雲十郎に用件があるとき、山田道場に姿を見せることがあったので、門弟たちも馬場を知っていたのだ。

「ひとりか」

「そうです。何か、ご用があるようですよ」

「分かった」

雲十郎は、刀を腰に帯びたまま戸口にむかった。

馬場は戸口に立っていた。雲十郎を見るなり、

「鬼塚、また、殺《や》られた！」

と、うわずった声で言った。

「だれが、殺られたのだ」

「柿沼どのだ」

「なに、柿沼どのだと！」

思わず、雲十郎が声を上げた。

「沼沢《ぬまざわ》という若い家臣といっしょだ」

「場所は？」

「溜池沿いの稲荷の近くだ」

「行ってみよう」

溜池沿いの赤坂田町《たまち》に稲荷があった。霜田たちが殺された場所より、赤坂御門寄りである。

雲十郎は着替えの間で稽古着を着替えると、馬場とともに溜池にむかった。山元町を経《へ》て赤坂御門を出ると、左手に溜池の水面がひろがっていた。夏の陽射しを映じてギラギラひかっている。

いっとき溜池沿いの道を愛宕下の方にむかうと、稲荷の杜が見えてきた。杜といってもわずかな樹木の緑が祠をかこっているだけである。

「あそこだ」

馬場が指差した。

稲荷の杜の近くに、人だかりができていた。通りすがりの者が多いようだが、武士の姿もあった。

6

「鬼塚どの、馬場どの」

人だかりのなかで、吉村が呼んだ。

雲十郎と馬場は、人だかりを分けるようにして吉村のそばに近寄った。

「見てくれ、柿沼だ」

吉村が足元の叢を指差した。

羽織袴姿の武士が、俯せに倒れていた。柿沼らしい。頭がどす黒い血に染まっていた。ひらいた傷口から、頭骨が覗いている。

「分銅で、頭を割られたか！」

雲十郎は、すぐに雲水の手にかかったことを知った。

「柿沼は雲水たちに気付かれないように、顔を隠して出かけたらしいが、気付かれたようだ」

吉村が、倒れている柿沼の脇に落ちている網代笠に目をやって言った。無念そうな顔をしている。

「柿沼どのは、どこへ行くつもりだったのだ」

雲十郎が訊くと、吉村は脇に立っている三十がらみの武士に、

「茂川《しげかわ》、知っているか」

と、訊いた。

茂川と呼ばれた武士は、柴崎家の家士らしい。

「七軒町《しちけんちょう》へ行くと、話してましたが」

「増上寺《ぞうじょうじ》の門前の町か」

「そうです」

「なぜ、七軒町に――」

「殿に長くお仕えした中間の浅吉《あさきち》が、七軒町の長屋に住んでいると聞いて、会ってくる、と言って、出かけられたのです」

「中間にな」

吉村は首をひねった。

雲十郎は茂川の話を聞き、柿沼は、浅吉という中間に訊けば、柴崎のむかしのことが知れるとみて、話を聞きに出かけたのではないか、と思った。

「浅吉という男が住んでいる長屋の名は、分かるか」

雲十郎が訊いた。

「そこまでは、聞いていませんが」

「その長屋は、どの辺りにあると言っていた」

「さァ……。分かりません」

茂川は眉を寄せて困ったような顔をした。雲十郎に訊かれたことに、答えられなかったからだろう。

雲十郎は、七軒町へ行けば、分かるだろう、と思った。七軒町はひろい町ではなかった。それに、増上寺の門前近くということもあって、茶屋、料理屋、そば屋などの店が多かった。長屋はすくないはずである。

「もうひとり、殺られたと聞いたが」

雲十郎は声をあらためて、吉村に訊いた。

「あそこだ」

吉村が稲荷の鳥居近くに集まっている人だかりを指差した。そこにも、野次馬のなかに、何人かの武士の姿があった。柴崎家と吉村家に仕える家士であろう。

「行ってみよう」

雲十郎と馬場が、稲荷の方に足をむけると、

「おれも行く」

と言って、吉村がついてきた。

人だかりに近付くと、菅笠をかぶった女が目にとまった。集まっている男たちの陰に、身を隠すように立っている。手に三味線を持っていた。門付の恰好をしている。

……ゆいだ。

雲十郎はすぐに気付いた。

馬場も門付を目にし、ゆいと気付いたらしく、

「ゆいどのだぞ」

と、雲十郎の耳元でささやいた。

「馬場、知らん顔をしてろよ。おれたちの知り合いと、気付かれるとまずい」

雲十郎が声を殺して言った。

「分かっている」

馬場がうなずいた。

ゆいは、雲十郎たちにちいさく頭を下げたが、その場から動かなかった。集まっている男たちの陰に、身を隠している。

「沼沢だ」

吉村が指差した。

路傍の叢に、武士が仰向けに倒れていた。

沼沢は両眼を見開き、口をあんぐりあけたまま死んでいた。肩から胸にかけて着物が裂け、上半身が赭黒《あかぐろ》い血に染まっていた。ひらいた傷口から、鎖骨が白く覗いている。

沼沢は刀を手にしていた。襲撃者と斬り合ったのだろう。

「一太刀か」

沼沢は一太刀で仕留められていた。下手人は、遣い手らしい。

「谷村どのの傷と似てるな」

馬場が言った。

「そうだな」

以前、斬殺された谷村は、後ろから袈裟で斬られていた。沼沢は、正面から袈裟である。前後の違いはあるが、袈裟に深く斬り下げている太刀筋は同じである。

「下手人は同じか」

「そうみていいな」

鎖鎌を遣う雲水とは別に、剣の遣い手もいたようだ。

「ともかく、ふたりの遺体を柴崎家まで運ぶことにする」

吉村が気落ちした顔で言い、そばにいた家士たちに辻駕籠《つじかご》を手配するよう命じた。駕籠で、ふたりの遺体を柴崎家の屋敷まで運ぶつもりらしい。

雲十郎と馬場は、人だかりから離れた。すると、ゆいが後についてきて、

「どちらへ」

と、小声で訊いた。

ゆいは知り合いと気付かれないように、雲十郎たちとの間を微妙にとっている。

「七軒町にな」

雲十郎は、柴崎家で中間をしていた浅吉という男に、話を聞いてみようと思ったのだ。

雲十郎は浅吉のことをゆいに話し、

「柿沼どのたちは、浅吉のところへ行くつもりだったようだ」

と、言い添えた。

「わたしは、柳橋に行ってみます」

ゆいが言った。

「柳橋には、何を探りに行く？」

「水島源左衛門が、馴染みにしていた女中《ひと》が気になるんです。何とか捜し出して、話を聞いてみます」

そう言うと、ゆいは足をとめた。

雲十郎はうなずいただけで何も言わず、馬場とふたりで歩きだした。

ゆいは雲十郎たちが離れると、踵を返して、その場から足早に去った。

7

「あの女に、訊いてみるか」

馬場が、前からくる長屋の女房らしい女に目をとめて言った。

雲十郎と馬場は、七軒町に来ていた。賑やかな表通りから裏路地に入り、長屋を探して歩いていたのだ。

女は手にちいさな笊を持っていた。茄子と胡瓜《きゆうり》が入っている。近くの八百屋で買ったのだろう。

「お女中、訊きたいことがあるのだがな」

馬場が声をかけた。

「あ、あたし……」

女は目を剝《む》いて馬場を見た。声が震え、顔がこわばっている。

馬場は巨軀だった。顔は赭黒く、眉や髭が濃かった。厳《いか》つい顔である。女は、馬場を見て怖くなったようだ。

「この辺りに、長屋はないかな」

馬場が猫撫《ねこな》で声で訊いた。

「あ、ありますよ」

「お女中は、長屋に住んでいるのか」

「そうです」

「長屋に、浅吉という男は住んでいないかな」

「浅吉さん……。いませんよ」

女は、はっきりと答えた。顔のこわばった表情は消えている。馬場とやり取りをしているうちに、怖くなくなったらしい。

「浅吉はいないのか。……ところで、この近くに、お女中が住む長屋とは別の長屋があるかな」

馬場が、いつもの野太い声にもどって訊いた。

「この先に、二町ほど行くと、長屋があります」

女が、松右衛《まつえ》門店《もんだな》だと言い添えた。

「その長屋に、浅吉はいないかな」

「さァ、よその長屋のことまで知りません」

「長屋に、行ってみるか」

馬場と雲十郎は女と別れ、路地の先にむかった。

女が言ったとおり、二町ほど歩くと、長屋につづく路地木戸があった。松右衛門店であろう。

雲十郎たちは、路地木戸をくぐった。突き当たりに井戸があり、長屋の女房らしい女がふたり、立ち話をしていた。ふたりの脇に、手桶が置いてあった。ふたりは水汲《みずく》みにでも来て顔を合わせ、立ち話を始めたようだ。

ふたりのそばに、五、六歳と思われる男児《おとこのこ》がふたりいた。屈《かが》み込んで、手にした小石で地面に何か描いている。ふたりの女の子供かもしれない。

「長屋の者か」

雲十郎が声をかけた。

「そ、そうです」

小太りの女が、声をつまらせて応えた。顔がこわばっている。武士がふたり、いきなりそばに来て声をかけたからであろう。

ふたりの子供が、小石を手にしたまま団栗眼《どんぐりまなこ》を見開いて雲十郎と馬場を見上げている。

「この長屋に、浅吉という男はいないかな」

雲十郎が、おだやかな声で訊いた。

「いますよ」

もうひとりの痩せぎすの女が言った。

「いるか！」

思わず、雲十郎の声が大きくなった。

「は、はい……」

「どの家かな」

棟割り長屋が、四棟あった。そのどこかの家に、浅吉は住んでいるのだろう。

「北の棟のはずれですけど」

痩せぎすの女が言ったとき、

「おいら、連れてってやる」

と言って、痩せた男児が飛び上がるような勢いで立ち上がった。その児の顔が、痩せぎすの女に似ていた。親子らしい。

「おいらも！」

もうひとりも、立ち上がった。こちらは、小太りの女房の子であろう。

「すまんな」

雲十郎がふたりの男児に声をかけた。

「こっちだよ」

ふたりの男児は先にたち、ちびた草履《ぞうり》をぺたぺた音をさせ、雲十郎たちを北の棟のはずれの家の前に連れていった。

「ここだよ」

と、痩せた男児が言った。

「駄賃だ」

馬場が懐から財布を取り出し、ふたりの男児に、銭を握らせてやった。

ふたりの男児は、ワーイ、銭だ、銭だ、と声を上げながら、母親たちのいる井戸の方へ駆けていった。

「浅吉、いるか」

雲十郎が声をかけ、腰高障子をあけた。

土間があり、六畳の座敷があった。その座敷で、老齢の男が湯飲みを手にして胡座《あぐら》をかいていた。茶を飲んでいたらしい。顔の浅黒い、痩せた男で、背が丸まっていた。鬢や髷は白髪《しらが》交じりである。

男は土間に入ってきた雲十郎と馬場を見て、

「だ、だれでえ！」

と、しゃがれ声を上げ、腰を浮かした。体が顫えている。怖がっているようだ。

「浅吉か」

「そ、そうで……」

浅吉の声が、震えている。

「驚かせてしまったようだな。……すまん、おれたちは、旗本の柴崎さまとかかわりのある者だ」

「柴崎さま……」

浅吉の声の震えがとまった。

「柴崎さまのことで、訊きたいことがあってな。訪ねてきたのだ」

「そうですかい」

浅吉は手にした湯飲みを脇に置いて、座りなおした。顔もいくぶんなごんでいる。

「腰を下ろさせてもらうぞ」

雲十郎が大刀を鞘から抜いて、上がり框《かまち》に腰を下ろすと、馬場も脇に腰かけた。

「ひとりか」

雲十郎が訊いた。

「へい、女房は三年前に死にやしてね。いまは、倅《せがれ》夫婦に世話になってるんでさァ」

浅吉によると、倅はぼてふりで、女房は近くのそば屋に手伝いに行っているという。

「そうか。……ところで、柴崎さまは、ちかごろ病気がちだが、話を聞いているか」

「へい、噂は耳にしやした」

「柴崎さまの叔父の水島源左衛門さまのことは？」

雲十郎は水島の名を出した。馬場は、黙って聞いている。

「水島さまも知ってやすが、噂を聞いたことがあるだけでして」

浅吉の顔に戸惑うような色が浮いた。

「実は、水島さまのことで、よからぬ噂があってな。柴崎家では困っているのだ」

雲十郎が急に声をひそめて言った。

「よからぬ噂と言いやすと」

浅吉が身を乗り出してきた。柴崎家での奉公はやめているが、気になるのだろう。

「水島さまが、柳橋の料理屋に頻繁《ひんぱん》に出かけていたことは、知っているか」

「へい、知っていやす。あっしも、殿さまにお供して、柳橋に行ったことがありやすぜ」

そう言うと、浅吉はいざるようにして、雲十郎たちのそばに来て座りなおした。

「水島さまに、お供したのか」

雲十郎が訊いた。

「水島さまじゃァねえ。……柴崎さまでさァ」

「なに、柴崎さまも、柳橋の料理屋に出かけることがあったのか」

雲十郎は、柴崎が柳橋に出かけていたことは聞いていなかった。

「へえ、水島さまとごいっしょではなく、お独りで出かけることもありやした」

「ま、まことか！」

思わず、雲十郎は声を上げた。馬場も驚いたような顔をしている。

「へい」

「うむ……」

となると、水島でなく、柴崎の隠し子がいるのではあるまいか。その子が、十五歳になる男では――。

雲十郎は虚空を睨むように見すえた。

馬場も顔をけわしくし、目をひからせて黙考している。

「……だがな、柴崎さまが柳橋の料理屋に出かけた話など、聞いていないぞ」

雲十郎が念を押すように訊いた。

「前の奥方が、お亡くなりになった後でさァ。……水島さまに、誘われて行くようになったようですぜ」

「それで、馴染みの女中や芸者などもいたのか」

柴崎は奥方を失った後の寂しさと、無聊《ぶりよう》を慰《なぐさ》める気持ちもあって柳橋に出かけるようになったのかもしれない。

「くわしいことは知りませんが、馴染みがいたんじゃァねえかな。お独りで、行くこともありやしたからね」

「そうか」

柴崎に、隠し子がいたとしても不思議はない。やはり、十五になる男は、柴崎の子かもしれない。

「ですが、柴崎さまが柳橋に出かけていたのは、一年ほどの間だけですぜ。……いまの奥方を迎える話があってから、柳橋には出かけなくなったようでさァ」

「一年な」

雲十郎は、一年の間に馴染みの女に子供を産ませるのは、すこし早い気もしたが、そうした関係はいつ生ずるか分からないので、何ともいえなかった。

「いずれにしろ、十五になる男の居所をつかまねばな」

雲十郎が言うと、

「相手の女もな」

馬場が顔をひきしめて言い添えた。

第四章　悪党たち

1

ゆいは、柳橋にある小料理屋、「鈴屋《すずや》」の脇に立っていた。おせんという店の女将《おかみ》が、来るのを待っていたのである。

ゆいは、溜池沿いの道で雲十郎と会った後、柳橋に来て、紀乃屋の裏手に身をひそめて待ち、姿を見せた包丁人に、むかし紀乃屋の馴染み客だった柴崎のことを知らないか訊くと、

「あっしは知らねえが、むかし店にいたおせんさんなら知ってるはずだぜ」

そう言って、包丁人は、おせんが鈴屋という小料理屋の女将をしていることを教えてくれたのだ。

四ツ（午前十時）ごろだった。鈴屋の店先に暖簾《のれん》は出ていなかった。店のなかに、与八《よはち》という年配の男がいて、おせんは通いで、四ツごろに来ると話した。それで、ゆいは店の脇で待っていたのである。与八は、ゆいに包丁人と名乗ったが、おせんの情夫《いろ》なのかもしれない。

「あの女《ひと》かな」

ゆいは、通りを足早に歩いてくる大年増を目にとめた。

黒塗りの下駄と子持ち縞の単衣、渋い路考茶《ろこうちゃ》の帯を粋に締めている。ほっそりした色白の女である。

近付くと、女はかなりの歳に見えた。大年増というより中年である。

ゆいは、女に、

「おせんさんですか」

と、声をかけた。

「そうだけど、あんたは」

おせんが、訝しそうな顔をした。

「とね、といいます。姐《ねえ》さんに、お訊きしたいことがあって」

ゆいは、とねという偽名を口にした。

「何を訊きたいんだい」

「紀乃屋のことです。あたし、薬研堀の店に勤めてるんですけど、馴染みの客が、むかし紀乃屋さんにいた女中《ひと》と懇《ねんご》ろになって、いろいろあったようなんです。その客が、姐さんのことを知っているような口振りだったので、むかしのことを訊いてみようと思って来ました」

ゆいは、また薬研堀の店のことを持ち出し、もっともらしい作り話を口にした。

「くわしい話を、聞かせてもらうかね」

おせんは、入っておくれ、と言って、ゆいを店に入れた。ゆいの話に興味をもったらしい。

おせんはゆいを土間の先の小上がりに、腰を下ろさせ、

「その客は、なんという名なの」

と、訊いた。

「水島さまというお武家です」

ゆいは、水島とだけ言った。話の展開によって、源左衛門か郷之助の名を出そうと思ったのだ。

「水島さまねえ。……そういえば、わたしが紀乃屋にいたころ、よく顔を見せたお旗本に、水島さまという方がいたね」

どうやら、おせんは水島のことを覚えているようだ。

「水島さまが、贔屓にしてた女中《ひと》を知っていますか」

「たしか、お京《きよう》さんだったたね」

「お京さんですか」

ゆいは、お京の名を聞くのは初めてだった。

「お京さん、どうして紀乃屋さんをやめたんですか」

ゆいが訊いた。

「子供ができたからですよ」

おせんが、急に声をひそめて言った。

「男児《おとこのこ》ですか」

ゆいは、十五歳になる男のことではないかと思った。

「男児だと聞いたような気もするけど……。むかしのことなので、はっきりしないよ」

おせんが首をひねりながら言った。

「そうですか」

ゆいは、いっとき口をつぐんだ後、

「水島さまが、柴崎さまのことをよく話すんですけど、姐さん、柴崎さまのことを知ってますか」

と、訊いた。

「やはり、お旗本で、水島さまと同じように紀乃屋さんを贔屓にしてたはずですけど」

「柴崎さまねえ」

「ああ、あの男《ひと》……」

おせんが言った。思い出したらしい。

「柴崎さまが、馴染みにしてた女中《ひと》を知ってますか」

「そういえば、柴崎さまも、お京さんを馴染みにしてたらしいよ。それで、ふたりは別に店に来るようになったような気がするけど……」

「柴崎さまが、お京さんを！」

思わず、ゆいの声が大きくなった。

お京が身籠《みご》もったのは、柴崎の子かもしれない！　と、ゆいは思った。

「こんなこと訊きづらいんですけど、お京さんが産んだのは、どちらの旦那の子ですか。柴崎さま、それとも水島さま」

「そんなこと、わたしには分からないよ。お京さんに、訊いてみたら」

おせんの声に、突《つ》っ撥《ぱ》ねるようなひびきがくわわった。ゆいがしつこく訊くので、嫌になったらしい。

「ごめんなさい。……お京さんに訊いてみます」

「そうしておくれ」

「お京さんに、どこへ行けば会えますか」

ゆいは、お京の居所も訊きたかった。

「たしか、長屋住まいだったけど……」

おせんは、首をひねっていたが、

「思い出した。茅町《かやちょう》の長屋だよ」

と、声を大きくして言った。

「なんという長屋ですか」

茅町というだけでは、探しようがない。浅草茅町は一丁目から二丁目まで、奥《おう》州《しゅう》街道沿いに長くつづいている。

「たしか、北島屋《きたじまや》という米問屋の脇を入った先だったけど……」

おせんが、小声で言った。

「北島屋ですか」

ゆいは、それだけ分かれば、お京のいる長屋はつきとめられると思った。

「お手間をとらせました」

ゆいは、おせんに礼を言って、鈴屋を出た。

2

ゆいは、土蔵造りの大きな店を見上げてつぶやいた。店の脇に、「米問屋、北島屋」と記した立看板がある。

「この店だわ」

店の脇に、路地があった。お京の住む長屋は、路地の先にあるらしい。

路地をすこし歩くと、小体な店や仕舞屋などが目立つようになった。長屋らしい家屋がないので、通りすがりの者に訊くと、半町ほど先にあるという。

ゆいは半町ほど歩いて、長屋につづく路地木戸の前に立った。脇に小体な八百屋があった。店先にいた親爺に訊くと、治郎蔵店《じろぞうだな》とのことだった。

「お京さんという女《ひと》は、住んでますか」

ゆいは、お京の名を出して訊いてみた。

「さァ、聞いたこと、ねえなァ」

親爺は首をひねった。

ゆいは、長屋の者に訊いてみようと思い、路地木戸をくぐった。突き当たりの棟の脇の芥溜《ごみた》めのところで、長屋の女房らしい女がふたり、立ち話をしていたので、

「お訊きしたいことが、あるんですが」

と、声をかけた。

「なんだい」

でっぷり太った女が言った。手に笊を待っている。野菜の屑《くず》でも捨てにきたのかもしれない。

「この長屋に、お京さんという女《ひと》が住んでませんか」

ゆいが、訊いた。

「お京さんねえ……。いないよ」

太った女が、素っ気なく言った。

「ずいぶん前なんですけど、お京さん、柳橋の紀乃屋という料理屋に勤めてたはずなんです」

「料理屋にねえ……」

太った女が首をひねった。

そのとき、脇にいた小柄な女が、

「三年ほど前に越したお京さんじゃない。柳橋の料理屋に、勤めてたと言ってたよ」

と、口を挟んだ。

「わたしも、聞いたことあるよ」

太った女が言った。

「そのお京さん、子供はいなかったですか」

すぐに、ゆいが訊いた。

「いましたよ、男児が」

「いくつぐらいでした」

「三年ほど前は、十二、三だったね」

小柄な女が言うと、太った女がうなずいた。

「いまは、十五、六ですか」

まちがいない。紀乃屋に勤めていたお京の子だ、とゆいは確信した。

「その児の名は」

ゆいが訊いた。

「依之助だったね」

「それで、旦那は」

旦那は、水島源左衛門か柴崎のどちらかではあるまいか。

「それがね。旦那は、いなかったんだよ。お京さん、子供とふたりだけで、長屋に住んでたんだから」

太った女が言った。すこし、声が大きくなった。話に乗ってきている。長屋には、こうした噂話が好きな女房が多い。

「お京さん、どうやって暮らしていたんです」

「ときどき、旦那と外で会ってたらしいんだよ」

小柄な女が、目をひからせて言った。こちらの女も、話に夢中になっている。

「あたしもね、ふたりで歩いているのを見たことあるんだよ。……相手は、お侍だよ。それも、羽織袴姿のれっきとしたお武家だからね」

太った女が言った。

「そのお侍の名は、聞いてますか」

「知らないねえ。……あんた、どうだい」

太った女が、小柄な女に訊いた。

「あたしも、知らないよ」

ふたりの女はそう言った後、

「あんた、お京さんの何なの」

小柄な女が、ゆいに訊いた。

「あたし、お京さんと子供の旦那を捜してるんです。名は言えないんですけど、その男《ひと》、紀乃屋の常連さんでね。あたしに、とってもよくしてくれたんです。もう、結構な歳で、むかし、お京さんとまちがいがあったらしいの」

ゆいは、勝手な作り話を口にした。

それでも、ふたりは得心したような顔をして、

「そうなのかい。お京さんも、色々あったらしいね」

と、太った女が言うと、

「お京さん、若いころいい女だったからねえ」

と、小柄な女が言い添えた。

「いま、お京さんはどこにいるか、知りませんか」

ゆいが、声をあらためて訊いた。

「知らないねえ」

「子供を産ませた男と、いっしょじゃないかね」

ふたりの女房が、つづけて言った。

「そうかもしれない……」

依之助の父親は、柴崎か水島源左衛門ということになりそうだ。ただ、依之助が住んでいるのは、柴崎家でも水島家でもないだろう。お京と依之助がいっしょに住んでいれば、隠しようがない。

ゆいは、これ以上ふたりと話しても新たなことは分からないと思い、

「お邪魔しました」

と言い残して、踵を返した。

3

雲十郎と馬場は、景山道場の裏手に来ていた。庭の隅のつつじの樹陰に身を隠し、景山の住む母屋の戸口に目をむけていた。

ふたりは、景山の許に水島兄弟や瀬戸が姿を見せるとみていた。水島たちが姿を見せたら尾行し、だれかひとりを捕えるつもりだった。訊問し、雲水や他の仲

間のことを吐かせるのである。

霜田たちにつづいて柿沼と沼沢が斬殺され、これ以上雲水たちを泳がせておくわけには行かなくなったのだ。

「景山夫婦しかいないようだぞ」

馬場が、声をひそめて言った。

母屋から聞こえてくるのは、景山と妻女のふねの声だけだった。景山と女のやり取りから、女は景山の妻でふねという名であることが知れたのだ。

「もうすこし待とう」

雲十郎たちが、この場に身を隠して一刻（二時間）ほど経《た》つ。七ツ（午後四時）ごろではあるまいか。陽は西の空にまわっている。

静かだった。聞こえてくるのは、風が庭木の葉を揺らす音と母屋から聞こえてくる景山夫婦の声だけである。

それから、小半刻（三十分）ほど経ったろうか。馬場が立ち上がり、腰を伸ばしたときだった。

道場の脇で男の話し声がし、足音が聞こえた。

「だれか来る！」

慌てて、馬場が腰をかがめた。

足音は複数だった。庭の隅を通って路地に出られる小径から聞こえてくる。

「三人だ！」

馬場が声を殺して言った。

郷之助と瀬戸、それに巨軀の男だった。巨軀の男は、頰隠し頭巾をかぶり、絽《ろ》羽織に小袖姿だった。町医者か、身分のある武家の隠居のように見える。

「頭巾をかぶった男は、雲水ではないか」

馬場が声を殺して言った。

「まちがいない、雲水だ」

顔は見えなかったが、雲十郎はその体軀に見覚えがあった。雲水である。ふだん、町医者のような恰好をして町を歩いているのかもしれない。

三人は母屋の戸口に立ち、訪《おとな》いを請《こ》うた。いっときすると、表戸があき、景山が姿を見せた。

「景山どの、お久しゅうござる」

雲水が景山にちいさく頭を下げた。

「今日は、玄仙どのも見えたか」

景山が言った。

馬場はこのやり取りを聞くと、

「おい、雲水の名は玄仙だぞ」

と、景山たちを見すえながら小声で言った。

「玄仙か。武士ではないようだ」

雲十郎は、玄仙が鎖鎌を遣うことから、山伏《やまぶし》、修験者、荒法師の類ではないかと思った。また、玄仙と景山のやり取りからみて、玄仙は景山道場に出入りしていたらしい。客分として、道場に仮寓《かぐう》していたのかもしれない。そして、門弟だった郷之助や瀬戸とつながりができたのではあるまいか。

郷之助、瀬戸、玄仙の三人は、戸口から家に入った。

「どうする、家に近付いて話を聞くか」

馬場が目をひからせて言った。

家のなかから、男たちのくぐもった声が聞こえてきたが、話の内容までは聞きとれなかった。

「無茶だ。やつら、いずれも手練《てだれ》だぞ。見つかったら、おれたちの命はない」

雲十郎は、郷之助、瀬戸、玄仙、景山の四人と闘うことになったら、馬場とふたりでも太刀打ちできないだろうと思った。

「やつらが、出てくるのを待つか」

「それしかないな」

雲十郎は、玄仙たち三人が出てきたら跡を尾けて、行き先をつきとめようと思った。居所さえつかめば、いつでも襲うことができる。

三人は、なかなか家から出てこなかった。陽は西の家並の向こうに沈み、雲十郎たちが身をひそめているつつじの陰には、淡い夕闇が忍び寄っていた。

「あの三人、ここに泊まる気ではあるまいな」

馬場が言った。

「そんなことはないと思うが」

雲十郎が、そう口にしたときだった。

戸口近くで足音がし、男たちの声が聞こえてきた。

「出てきたぞ」

雲十郎が小声で言った。

郷之助、瀬戸、玄仙の三人が、戸口に姿を見せた。三人は景山に見送られ、道場の脇を通って路地にむかった。

「尾けるぞ」

雲十郎たちは、つつじの陰から路地に出た。

「あそこだ」

馬場が指差した。

郷之助たち三人の後ろ姿が、半町ほど先に見えた。三人で何か話しているのだろう。横になって、路地を歩いていく。

雲十郎たちは、以前郷之助たちを尾けたときと同じように、大きく間をとって三人の跡を尾け始めた。

郷之助たち三人は水戸屋敷の脇を通り、神田川にかかる水道橋を渡った。

「おい、水島家に行くのではないか」

馬場が言った。

「そうかもしれん」

この前、郷之助たちを尾けたときと同じ道筋だった。三人は、水島家へむかっていくようだ。

だが、道が二股になっているところで、郷之助たち三人は別れた。水島家のある右手の道に足をむけたのは郷之助と玄仙で、瀬戸だけが神田川沿いの道を川下にむかった。瀬戸の住居は、川沿いの道の先にあるのかもしれない。

4

「馬場、いまなら、瀬戸を押さえられるぞ」

雲十郎は、瀬戸を捕える絶好の機会だと思った。

神田川沿いの道は右手に神田川が流れ、左手は旗本屋敷がつづいていた。ときおり、供連れの武士や中間などが通りかかるが、人影がすくなかった。さらに先へ行き、昌平橋が近くなると、人通りが多くなるはずである。

「よし、やろう」

馬場が勢い込んで言った。

「おれが、やつの前にまわる。馬場は後ろから来てくれ」

走るのは、馬場より雲十郎の方が速い。

旗本屋敷の裏手にも、路地があるはずだった。その路地をたどれば、瀬戸の前へ出られるだろう。

「承知した」

馬場が言った。

「行くぞ」

雲十郎は、旗本屋敷の間にある路地に走り込んだ。

雲十郎は旗本屋敷の脇を走り、四辻に出ると、左手にまがった。その路地をたどれば、瀬戸の前に出られるはずである。

雲十郎はしばらく走って、神田川沿いの通りに出た。川上の方に目をやると、こちらに歩いてくる瀬戸が見えた。その瀬戸の背後に、馬場の姿がある。瀬戸は、雲十郎と馬場にまったく気付いていないようだ。

雲十郎は、旗本屋敷の築地塀の陰に身を隠して瀬戸が近付くのを待った。瀬戸は足早に歩いてくる。

見ると、馬場と瀬戸の距離がつまってきた。馬場は、そろそろ雲十郎があらわれるとみて、足を速めたようだ。

瀬戸が半町ほどに近付いたとき、雲十郎は築地塀の陰から出て瀬戸にむかって歩きだした。

まだ、瀬戸は雲十郎に気付いていない。雲十郎が前から歩いてくるなどと思ってもみないのだろう。

そのとき、馬場が走りだした。雲十郎を目にしたのである。雲十郎も走った。

ふいに、瀬戸が足をとめた。雲十郎に気付いたようだ。瀬戸はつっ立ったまま逡巡《しゅんじゅん》するような素振りを見せたが、振り返って駆けだそうとした。だが、その足がすぐにとまった。前から迫ってくる馬場を目にしたのだ。

雲十郎は疾走した。馬場も走る。ふたりは、一気に瀬戸の前後から迫った。

瀬戸は逃げ場がなかった。左手は神田川、右手には旗本屋敷の築地塀がつづいている。瀬戸は川岸近くに身を寄せ、神田川を背にして立った。前後から攻撃されるのを防ごうとしたらしい。

「おのれ！」

叫びざま、瀬戸が刀を抜いた。

雲十郎は瀬戸の前まで来て足をとめた。ふたりの間合は、四間ほどである。馬場は瀬戸の左手に立った。背後にまわれなかったのだ。

雲十郎は左手で鍔元を握り、鯉口を切った。右手で柄を握り、居合腰に沈めた。居合の抜刀体勢をとったのである。

「居合か！」

瀬戸は雲十郎の抜刀体勢をみて、居合を遣うと察知したようだ。

瀬戸は八相に構えた。上から斬り込むことで、居合に対抗するつもりなのだろう。

両肘《りょうひじ》を高くとり、切っ先を右後方にむけている。腰の据わった隙のない構えである。

……袈裟にくる！

雲十郎は、瀬戸が袈裟に斬り込んでくるとみた。それも、八相からの初太刀に勝負をかけてくるようだ。

雲十郎は、逆袈裟に斬り上げるつもりだった。瀬戸が八相へ斬り込んでくる瞬間をとらえて、腕を狙うのだ。瀬戸を仕留めるつもりはなかった。生かしておいて、話を聞くのである。

ふたりの間合は、およそ三間半――。まだ、居合の抜きつけの一刀をはなつ間合の外である。

雲十郎は、瀬戸の斬撃の気配と間合を読みながら、趾《あしゆび》を這うように動かし、ジリジリと間合をつめ始めた。

対する瀬戸は、動かなかった。いや、動けなかったのである。前に出ると、馬場が背後にまわるとみたのであろう。八相に構えたまま斬撃の気を見せて、雲十郎を牽制《けんせい》している。

かまわず、雲十郎は間合をつめていく。しだいに、気勢が全身に満ち、抜刀の気が高まってきた。

ふたりは鋭い剣気をはなち、斬撃の気配を見せていた。痺《しび》れるような剣の磁場が、ふたりをつつんでいる。

ふいに、雲十郎の寄り身がとまった。まだ、居合で抜きつける間合の外である。瀬戸も、八相から斬り込んでくることはできない。

雲十郎は、全身に抜刀の気配をみなぎらせ、腰をわずかに沈め、タアッ！　と鋭い気合を発した。抜く！　とみせた牽制である。

この牽制で、瀬戸が動いた。一歩踏み込み、斬撃の間合を越えるや否や、
タアリァッ！

裂帛の気合を発して、斬り込んできた。

八相から袈裟へ――。

刃唸りをたてて瀬戸の切っ先が、雲十郎を襲う。

刹那、雲十郎は右手に体を寄せながら抜きはなった。

シャッ、という刀身の鞘走る音がし、稲妻のような閃光が逆袈裟にはしった。

迅い！　居合の神速の一刀である。

瀬戸の切っ先が、雲十郎の左肩先をかすめて空を切った瞬間、瀬戸の右の前腕から血が噴いた。雲十郎の抜きつけの一刀が、袈裟に斬り込んだ瀬戸の右腕をとらえたのである。

瀬戸が、前に泳いだ。ダラリ、と右腕が垂れ下がっている。

截断された腕から、血が赤い筋になって流れ落ちている。雲十郎の一颯《いっさつ》は、瀬戸の右腕の骨まで断ったらしい。

瀬戸は反転した。左手だけで刀を構えようとしたが、刀身がワナワナと震えているだけで、八相にとることはできなかった。顔がひき攣り、双眸《そうぼう》をつり上げ、歯を剝き出している。

「瀬戸、これまでだ。刀を引け！」

雲十郎が叫んだ。

「まだだ！」

瀬戸は、切っ先を上げて踏み込んでこようとした。

そのとき、瀬戸の背後にまわり込んだ馬場が、

「じたばたするな！」

と声を上げ、瀬戸の両肩を押さえた。

馬場は巨軀の上に、強力《ごうりき》だった。万力のような力で両肩を押さえつけると、瀬戸は腰からくずれるようにその場にへたり込んだ。

雲十郎はこの場で、瀬戸から話を聞こうと思い、岸際に植えてあった桜の樹陰まで瀬戸を連れていった。

瀬戸は左手で、右腕の傷口を押さえていた。その指の間から、血が幾筋も流れ落ちている。

雲十郎は、叢の上にへたり込んでいる瀬戸の前に立ち、

「瀬戸、玄仙と知り合ったのは、景山道場か」

と、訊いた。しゃべりやすいことから、訊こうと思ったのである。

「し、知らぬ……」

瀬戸は苦痛に顔をしかめて言った。

顔が土気色をし、喘《あえ》ぎ声を洩らしている。出血が激しく、右腕から流れ出た血は、瀬戸の小袖や袴も赤く染めていた。

……このままでは、瀬戸は死ぬ！

雲十郎は、腕の傷であっても多量の出血で、ひとが死ぬことを知っていた。

「馬場、瀬戸の右腕を手ぬぐいで縛ってくれ」

雲十郎は、瀬戸の出血をとめようと思った。

「承知した」

馬場はふところから手ぬぐいを取り出し、瀬戸の脇へまわろうとした。

そのときだった。ふいに、瀬戸は左手で腰に差していた小刀を抜き、己の喉を掻《か》き斬った。

一瞬の動きだった。

ビュッ、と、瀬戸の首筋から血飛沫が赤い布をひろげたように飛び散った。

馬場は目を剝き、凍りついたように身を硬くした。雲十郎も、息を吞んで瀬戸を見つめている。

瀬戸はカッと両眼を見開いたまま、血を噴出させていたが、ガクリと首を垂れた。悲鳴も呻き声もまったく聞こえなかった。絶命したようだ。

いっときすると、首からの出血は収まった。飛び散った血が、タラタラと滴り落ちている。

「く、首を切った……！」

馬場が目を剝いたまま言った。

「自害するとはな。これで、話が聞けなくなった」

雲十郎は無念そうな顔をした。

5

辺りは、深い夜陰につつまれていた。頭上には弦月《げんけつ》が出ていたが、ときどき流れる雲に月光が遮《さえぎ》られ、漆黒《しっこく》の闇になる。

ゆいは、小川町の武家屋敷のつづく通りに来ていた。闇に溶ける忍び装束だが、それでも屋敷の築地塀の陰の暗がりに身を寄せていた。そこは、水島家の屋敷である。

ゆいは、依之助の居所をつきとめようと思っていた。依之助の居所が分かれば、黒幕もはっきりするし、柴崎家の相続争いも始末がつくとみていたのである。

……この塀なら越えられそうだ。

ゆいは胸の内でつぶやき、腰に帯びていた刀を鞘ごと抜いた。そして、築地塀に立て掛けた。ゆいは、屋敷内の侵入のことも考え、いつもとちがう刀を帯びてきていた。直刀で、長い紐《ひも》と大きな鍔がついている。

ゆいは紐の端を握り、爪先を鍔に乗せて飛び上がった。夜陰に、ゆいの身がひるがえった次の瞬間、ゆいは築地塀の上にいた。

ゆいは、すばやく手にした紐を手繰って刀を握ると、ふたたび身をひるがえした。ゆいは屋敷の内側に着地した。わずかな音をたてたが、屋敷にいる者の耳にとどくような音ではない。

ゆいは、暗がりに身を隠したまま屋敷内に目をやった。

屋敷の表と裏手に、淡い灯《ひ》の色が見えた。表は座敷で、裏手には台所があるのかもしれない。

ゆいは、聞き耳をたてた。屋敷のなかから、かすかに物音と人声が聞こえてきた。表の方からは、話し声が聞こえた。男の談笑の声である。裏手からは、くぐもった声と水を使うような音がした。奉公人が、台所で食器でも洗っているのであろうか。

ゆいは、表に足をむけた。水島家の源左衛門や郷之助が、話をしているのではないかとみたのだ。

ゆいは、足音を忍ばせて玄関先まで来た。灯が洩れているのは、庭先の座敷だった。声の主は、武家言葉である。ふたりではなく、何人かいるようだ。酒でも飲んでいるらしく、何人もの濁声《だみごえ》が聞こえた。

ゆいは、玄関脇から庭の隅を通り、庭に面した縁側の脇に身を寄せた。そこに、戸袋があった。ゆいは、戸袋に身を隠して聞き耳をたてた。

やはり、酒を飲んでいるらしい。話し声にまじって、瀬戸物の触れ合うような音が耳にとどいた。

座敷には、三、四人いるらしかった。いっとき、柳橋の紀乃屋の料理や酒のことを話していたが、

「……ところで、戸山《とやま》、瀬戸を斬ったのは、なにやつか知れたか」

と、しゃがれ声の主が訊いた。当主の源左衛門であろうか。

「雲十郎たちが、瀬戸を斬って三日経っていた。源左衛門たちは、瀬戸が斬られたことを知り、界隈で聞き込んだようだ。

「……殿、ふたりの武士が、瀬戸どのを襲ったようです。ひとりは、大柄な武士だそうです」

戸山と呼ばれた武士が答えた。殿と呼んだことから、しゃがれ声の主は源左衛門だと知れた。戸山は、水島家に仕える家士であろう。

……そのふたり、畠沢藩の者ではないか。

若い声だった。郷之助か俊次郎であろう。

……鬼塚と馬場だ。ふたりとも、遣い手だぞ。おれの鎖鎌でも、仕留めるのは容易ではない。

野太い声である。

ゆいは、玄仙だ、とすぐに気付いた。声の主が、おれの鎖鎌、と言ったからである。

……あやつら、何とかしないとな。瀬戸の次は、おれたちだぞ。

若い声の主が言った。

……やつらは、おれが鎖鎌で仕留める。

……おれも、助太刀しよう。

戸山が言った。

ゆいは、話を聞きながら、戸山という男も腕がたちそうだ、と思った。雲十郎と馬場を襲った三人のなかのひとりかもしれない。

……俊次郎とおれも、手を貸すぞ。

若い声の主が言った。どうやら、兄の郷之助らしい。

……頼むぞ。それに、きゃつらは、依之助の居所を探っているようだ。居所が知れたら、わしがこれまでやってきたことは、水の泡だからな。

源左衛門が言った。

ゆいは胸の内で、やはり、黒幕は源左衛門のようだ、とつぶやいた。柴崎家の跡取りの件で策謀をめぐらせているのは、源左衛門とみていい。依之助の居所も知っているようだ。源左衛門は、依之助に柴崎家を継がせ、二千石の柴崎家を思いのままに操ろうとしているのではあるまいか。

ただ、依之助がだれの子か、はっきりしなかった。源左衛門の子か、それとも宗右衛門の子か。ただ、宗右衛門は依之助が自分の子でなければ、跡取りの話など即座に撥ね付けるだろう。そう考えると、宗右衛門の子と考えられるが――。

……父上、依之助の居所が、鬼塚たちにつかまれることはありませんか。

別の若い声がした。弟の俊次郎らしい。

……その心配はない。居所は、わししか知らんからな。

源左衛門の含み笑いが聞こえた。

どうやら、源左衛門が、どこかに依之助の身を隠しているようだ。母親のお京といっしょではあるまいか。

それから、源左衛門や玄仙たちは、景山道場のことを話し始めた。その話から、源左衛門も景山と親しくしていることが知れた。倅たちの道場主ということで、付き合うようになったのかもしれない。

ゆいは、男たちが酒や女の話をするようになったところで、その場を離れた。そのまま裏手にまわってみた。

裏手で灯が洩れているのは、台所だった。女中と下働きの男とで、洗い物をしているらしい。源左衛門たちに出した酒肴の後片付けでもしているのであろう。

ゆいは、物陰に身を隠して、しばらく台所にいる奉公人のやり取りに耳を傾けていたが、その場から離れた。ふたりは事件にかかわることを、まったく口にしなかったのだ。

ゆいは、夜陰にとざされた町筋を歩きながら、

……ともかく、雲十郎さまの耳に入れておこう。

と、胸の内でつぶやいた。

6

馬場が手にした湯飲みを口許でとめ、

「ゆいどのではないか」

と声を上げ、戸口の方に目をむけた。

雲十郎は、馬場とふたりで借家の縁側にいた。夕餉の後、ふたりで酒を飲んでいたのである。

かすかに足音がし、ゆいが姿を見せた。ゆいの忍び装束は夜陰に溶け、頭巾をかぶっていない色白の顔だけが白く浮かび上がっている。

ゆいは雲十郎と馬場を目にすると、地面に膝を折ろうとした。

「縁側に、腰を下ろすといい」

すぐに、雲十郎がゆいに声をかけた。

「はい」

ゆいは、雲十郎の脇に来て腰を下ろした。

「何か知れたか」

雲十郎はゆいから、依之助の居所を捜すために水島家の屋敷に侵入することを聞いていたのだ。

「はい、依之助どのの居所は、まだ分かりませんが、色々知れました。とりあえず、おふたりにお話ししておこうと思ってきたのです」

「話してくれ」

雲十郎が言うと、馬場もゆいに顔をむけた。

「水島たちは、鬼塚さまたちが瀬戸を斬ったと気付いたようです」

ゆいはそう前置きし、戸山という男が探ったらしいことを話した。

「戸山も、水島たちの仲間なのか」

雲十郎が訊いた。

「水島家に仕える家士のようです。腕がたつとみています。鬼塚さまと馬場さまを襲ったなかのひとりではないかとみましたが、はっきりしません」

「その男が、水島家に仕えているとすれば、やはり水島源左衛門が裏で指図しているとみていいいな」

雲十郎が言うと、馬場がうなずいた。

「それに、もうひとり、水島家におりました」

「もうひとりとは？」

「玄仙です」

「玄仙もいたか！」

馬場が声を上げた。

「これで、はっきりしたな。源左衛門が黒幕にまちがいない。……ところで、依之助だが、水島屋敷に監禁されている様子はないか」

雲十郎が訊いた。

「水島の屋敷にはいないようです」

ゆいは、源左衛門が、わししか知らない、と口にしたことを雲十郎たちに話した。

「源左衛門しか知らない場所か」

「母親のお京も、いっしょではないかとみています」

「うむ……」

雲十郎は、源左衛門を捕らえて自白させるか、跡を尾けて依之助の居所をつかむしかないとみた。

「それから、源左衛門は景山とも親しくしているようです」

ゆいが言い添えた。

「景山も、からんでいるようだ」

水島兄弟、瀬戸、玄仙、源左衛門――。一味のすべては、景山とつながっている。それに、いまも景山とかかわりがあるようだ。

「どうしますか」

ゆいが訊いた。

「おれと馬場とで、景山の身辺を洗ってみるか」

雲十郎が言うと、馬場がうなずいた。

「わたしは、源左衛門をもうすこし探ってみます」

ゆいが言った。

「だが、油断するなよ。玄仙も水島兄弟も遣い手とみていい」

雲十郎が顔をけわしくした。

ゆいは立ち上がり、

「おふたりも、油断なさらぬよう」

と言い残し、踵を返して、その場から走り去った。

雲十郎と馬場は、いっときゆいの姿が消えた夜陰に目をむけていたが、

「馬場、明日、小石川にいってみるか」

と、雲十郎が言った。

「景山道場か」

「そうだ。景山が何か知っているかもしれんぞ」

「だが、景山が源左衛門たちの仲間ならしゃべらないぞ」

「馬場の言うとおりだ。とりあえず、景山道場の門弟を捜し出して、話を聞いてみるしかないな」

雲十郎は、門弟を捜すのは難しくないだろうとみた。道場の近くに住む者に訊けば、門弟を知っている者がいるだろう。

「よし、明日、小石川に行こう」

そう言って、馬場は湯飲みに手を伸ばし、残っていた酒を一気に飲み干した。

雲十郎が、湯飲みを手にしてかたむけていると、

「おれは、寝るぞ。明日は、小石川まで足を延ばすのだ」

そう言って、馬場は立ち上がった。馬場は、眠くなったらしい。

「おれも、寝るよ」

雲十郎は苦笑いを浮かべて言った。

翌朝、雲十郎と馬場は朝餉を終えると、すぐに借家を出た。これから小石川片町まで行くのである。

ふたりは、小石川片町の景山道場のある路地まで来ると、足をとめ、

「この辺りで訊いてみるか」

と、雲十郎が言った。

「武士に訊くと、早いな」

馬場が、路地に目をやりながら言った。

そこは、寂しい路地で武家屋敷はなかった。通行人は町人が多かったが、それでもときおり武士も通りかかった。路地の先に、武家地につづく通りがあるからであろう。

雲十郎たちが路傍に立っていっとき待つと、武士が姿を見せた。中間をふたり連れている。御家人らしい。

「しばし」

雲十郎が武士に声をかけた。

「それがしでござるか」

武士は足をとめた。四十がらみと思われる武士である。おだやかそうな顔をしている。

「お訊きしたいことがござる」

「何かな」

「この先に、景山道場があるが、ご存じでござろうか」

「知ってますよ。この路地は、よく通るのでな」

武士は、自分の住む屋敷は路地の先にあると言い添えた。

「景山道場のことで、訊きたいことがござって……」

「なんですかな」

「むかし道場の門弟だった神泉《かみいずみ》という男を捜しているのだが、見つからないのだ。片町界隈に住んでいると、聞いてはいたのだが……。そこもとは、ご存じでござろうか」

雲十郎は、作り話を口にした。神泉も、咄嗟《とっさ》に頭に浮かんだ名である。

「いや、知らぬが」

「どなたか、景山道場の門弟だった方をご存じあるまいか。同じ門弟なら、知っているはずなので、訊いてみます」

「門弟だった男なら、知り合いがいますよ」

すぐに、武士が言った。

「その方の住居《すまい》を、ご存じか」

「案内しましょう。帰り道ですから」

「かたじけない」

雲十郎と馬場は、武士の後につづいた。

7

先を行く武士は町人地を抜け、武家屋敷のつづく通りへ出ていっとき歩いてから、路傍に足をとめた。

「この屋敷です」

武士が、木戸門を指差した。

粗末な門で、家のまわりに板塀がめぐらせてあった。百石前後の御家人の屋敷であろう。

「杉沢八郎《すぎさわはちろう》どのの屋敷だ」

武士によると、杉沢は非役の御家人で、景山道場がつぶれるまで門弟として通っていたという。

「杉沢どのは、おられるかな」

そう言って、雲十郎が木戸門に目をやると、

「それがしが、訊いてきましょう。なに、それがしの家は近くで、杉沢どのとは懇意《こんい》にしているのだ」

そう言い残し、武士は木戸門の木戸をあけてなかに入った。勝手に出入りしているような仲らしい。

いっときすると、武士が三十がらみと思われる武士を連れてきた。顔の浅黒い、がっちりした体軀の武士だった。剣術の稽古で鍛えた体らしい。

「それがしが、杉沢だが、そこもとたちは」

杉沢が雲十郎と馬場に目をむけて、訝しそうな顔をした。

「それがしたちの身分は、ご容赦《ようしゃ》いただきたいが、景山道場の門弟だった水島兄弟のことで、お訊きしたいことがござる」

雲十郎が訊きたいことは、水島兄弟のことではなかったが、そう切り出したのである。

「水島兄弟な」

杉沢が、渋い顔をして言った。兄弟のことをよく思っていないらしい。そのとき、杉沢の脇に立っていた武士が、

「それがしは、これで」

と、杉沢に声をかけ、ふたりの中間を連れてその場を離れた。

「ここで、立ち話をするわけにもいかないな。……ともかく、入ってくだされ」

そう言って、杉沢は雲十郎と馬場を木戸門からなかに入れた。

杉沢は屋敷内に招じ入れようとしたが、

「いえ、それではあまりに……。すぐ、すみますから、ここで」

雲十郎は、恐縮したように肩をすぼめて言った。

いま会ったばかりの杉沢の家に上がり込んで話すのは、あまりに厚かましいと思ったのである。

「では、縁側にでも行きますか」

そう言うと、杉沢は先にたって縁側にむかった。きさくな人柄らしい。それに、非役なので、暇なのかもしれない。

三人は縁側に腰を下ろすと、

「杉沢どのは、水島兄弟のことをご存じか」

雲十郎があらためて訊いた。

「知ってますよ。道場が門をとじた後も、何度も顔を見てますから」

杉沢は、道場が近いこともあって、よく道場の前を通るという。

「それなら、景山道場のこともよくご存じでござろう。水島兄弟の父上の水島源左衛門どののことも、ご存じかな」

「知っている。源左衛門どのも、道場にはよく見えましたから」

杉沢は渋い顔をした。源左衛門のことも、よく思っていないらしい。

「実は、兄の郷之助どのの許に、輿入《こし》れする話があるのです。それがしその家とかかわりがありまして……。水島家のことで、お話をうかがいたいのです。それというのも、水島さまの噂があまりよくないもので……」

雲十郎が、もっともらしく言った。

馬場が、感心したような顔をして雲十郎に目をむけている。

「それで」

杉沢が話の先をうながした。

「柳橋辺りに頻繁に出かけ、料理屋で飲み歩いているとの噂を耳にしました」

「その話は、それがしも知っている」

「飲み歩くぐらいなら、いいのだが、ちと、よからぬ話を耳にしたもので……」

雲十郎が困惑したように顔をしかめて見せた。

「よからぬ話とは」

杉沢が身を乗り出すようにして訊いた。話に乗ってきたようである。

「馴染みにした女がいて、どこかに囲っているという噂がありまして」

雲十郎は、ゆいの話から、お京と依之助を隠れ家に住まわせているのは、源左衛門とみていた。それで、源左衛門の身辺を探れば、依之助の居所が知れると思ったのである。

「水島どのなら、囲っている女がいても不思議はないが」

杉沢が小声で言った。

「それに、囲っている女には、十五、六になる男児がいるそうです」

「十五、六になる子が……」

杉沢は、何か思い出したように、

「あのときの子か」

と、声を大きくして言った。

「何か、思い当たることがおありですか」

「二年ほど前かな。水島どのが、十三、四の男児と、三十がらみの女を連れて歩いているのを見かけたのだ。水島どのの子は、郷之助どのと俊次郎どののふたりと聞いていたので、親戚の子かと思っていたのだが、妾《めかけ》の子だったのか」

「どこで、見かけました」

思わず、雲十郎の声も大きくなった。

その男児が、依之助にちがいない、と雲十郎は確信した、いっしょに歩いていた三十がらみの女が、お京であろう。

「道場の裏手にある路地です」

杉沢によると、道場の母屋の脇に小径《こみち》があり、そこを半町ほどたどると別の路地に出るという。杉沢は、その路地を歩いているとき、水島たちを目にしたそうだ。

「その後も、水島どのが、その路地を歩いているのを見たぞ。たしか、そのときは女と男児の他に、お師匠もいっしょだったが」

「景山どのもいっしょか」

景山も、依之助とお京のことを知っているようだ、と雲十郎は思った。

「ところで、水島どのといっしょに歩いていた男児は、武家の格好をしてましたか」

「武家の格好をしてたな」

「まちがいない。その男児だ。……ところで、杉沢どの、水島郷之助どのは、玄仙なる得体の知れぬ男と遊び歩いているとの噂を耳にしているのだが、玄仙という男は何者です」

雲十郎が声をあらためて訊いた。

「玄仙どのは、修験者でしてね。景山道場に長く食客として寝泊まりしていた男で、鎖鎌や金剛杖などをよく遣い、道場破りなどが来ると、師匠の代わりに立ち合うこともありましたよ」

「それで、郷之助どのと親しくなったのか」

雲十郎は、玄仙と郷之助たちとの結びつきが分かった。

「玄仙という男には、近付かない方がいいですよ。あの男の鎖鎌には、かなわない」

杉沢が顔をけわしくして言った。

「そうします。……いや、お手間をとらせました。杉沢どののお蔭で、水島家の様子がだいぶ知れました。嫡男の郷之助どのへの輿入れは、見合わせるように話します」

雲十郎が言うと、

「それがいいな」

杉沢が顔をけわしくしてうなずいた。

8

「鬼塚、せっかく来たのだ。依之助とお京の居所を探ってみないか」

馬場が雲十郎に言った。

「そのつもりだ」

陽は西の空にまわっていたが、陽射しは強かった。暮れ六ツ（午後六時）までには、だいぶ間がありそうだ。

雲十郎と馬場は、景山道場のそばまで行って母屋の脇の小径を探した。

「あれではないか」

馬場が指差した。

掘割り沿いに、母屋の裏手の方に通じる小径があった。母屋の脇といっても、かなり離れていた。三十間ほどありそうだ。

雲十郎たちは母屋に目をやり、辺りに人影がないのを確かめてから路地を歩いた。杉沢が話していた通り、半町ほど歩くと別の路地に突き当たった。そこは寂しい路地だが、小体な店や仕舞屋などがつづいていた。ぽつぽつと、人影があった。町人が多く、武士の姿はあまりなかった。

「ただ歩いていても、仕方がないな」

馬場が言った。

「訊いてみるか」

雲十郎は、路地にある笠屋を目にとめた。菅笠、網代笠、八ツ折笠などが、店先に下がっている。

店に近付くと、奥の座敷にいる男の姿が見えた。そこは売り場で、男はあるじらしい。あるじは、膝先に重ねた菅笠を手にして眺めていた。笠の品定めをしているのかもしれない。

「店の者か」

雲十郎が声をかけた。

男は慌てて腰を上げ、

「あるじの元造《もとぞう》でございます」

そう言って、顔に笑みを浮かべた。

元造は店先まで出てくると、あらためて雲十郎と馬場に目をむけた。すると、その顔から笑みが消えた。雲十郎たちが客ではないと分かったからであろう。

「ちと、訊きたいことがある」

雲十郎が言った。

「なんでしょうか」

元造は上がり框に腰を下ろした。

「この辺りに、母と子のふたりだけで住んでいる家はないかな」

「母と子の住んでいる家と、訊かれましても……」

元造は戸惑うような顔をした。

「女の名はお京、子は依之助だ」

雲十郎はふたりの名を出した。

「はて……」

元造は首をひねった。

「依之助は十五、六で、武家の格好をしているはずだ」

「武家ですか」

元造が雲十郎に顔をむけ、

「そのふたりなら、存じております」

と、声をひそめて言った。

「知っているか」

「はい」

「住居は近くか」

「この先へ二町ほど行きますと、借家がございます。そこに、おふたりで暮らしているようでございます」

元造が言った。

「初老の武士といっしょに歩いているのを見かけたことはないか」

「ございます。店の前を通ることも、ございますから」

「そうか」

雲十郎は元造に礼を言い、馬場とふたりで店を出た。

ふたりは足早に路地を歩きながら、

「やっと、依之助の居所がつかめそうだな」

馬場が目をひからせて言った。

二町ほど歩くと、路地沿いに仕舞屋があった。板塀をめぐらした妾宅ふうの家だった。

「どうする」

雲十郎と馬場は路傍に足をとめ、斜向かいにある仕舞屋に目をやった。

雲十郎が馬場に訊いた。

「まず、依之助とお京がいるかどうか確かめよう」

「そうだな」

ふたりは、通行人を装って仕舞屋に近付いた。

「裏手にまわってみるか」

雲十郎が言った。板塀沿いに行けば、家の裏手にまわれそうだ。それに、路地を行き来するひとの目からも逃れられる。

ふたりは、足音を忍ばせて板塀沿いを歩き、裏手にまわった。裏手にも板塀がまわしてあったが、途中とぎれていた。そこから、出入りできるようになっているらしい。

雲十郎と馬場は腰を屈め、板塀に身を寄せてなかの様子をうかがった。板塀の間から覗けば、なかを見ることもできる。

裏手に背戸があった。狭いが、台所もあるらしい。

「だれか、いるぞ」

馬場が声をひそめて言った。

家のなかから話し声が聞こえてきた。女と男の声である。

……おっかさん、家に籠っているのは、もう嫌だよ。

男が言った。少年を思わせる声である。依之助であろう。

……辛抱《しんぼう》おし。きっと、水島の旦那が、うまくやってくれるから。

女の声には、母親らしいひびきがあった。お京であろう。

……剣術でも、習いたいな。

……すぐに、剣術も習えるようになるから。

お京が、諭《さと》すように言った。

ふたりの声は、それでとぎれた。障子をあける音と足音が聞こえた。どちらかが、座敷から出ていったらしい。

馬場が雲十郎に身を寄せ、

「おい、お京と依之助だぞ」

と、声をひそめて言った。

「まちがいない」

雲十郎も、ふたりのやり取りから、お京と依之助にまちがいない、と確信した。

「もどるか」

馬場が小声で言い、腰を上げた。

そのとき、家のなかで廊下を歩くような足音がし、

……依之助、出かけてくるからね。家を出ないでよ、すぐに帰るから。

と、女の声が聞こえた。

……分かった。家にいるよ。

男はそう答えたが、声には不服そうなひびきがあった。

すぐに、戸口の引き戸をあける音が聞こえた。お京が家から出ていったらしい。

「鬼塚、聞いたか。依之助と呼んだぞ」

馬場が目を剝いて言った。

「聞いた。依之助にまちがいないな」

そう言って、雲十郎が腰を上げた。

第五章　露見

1

「お京と依之助の居所をつかんだぞ」

雲十郎が、集まっている男たちに目をやって言った。

そこは、雲十郎と馬場の住む山元町の借家である。雲十郎の他に、馬場と吉村、それに吉村家の用人の笠松と若党の深沢《ふかざわ》長八郎《ちょうはちろう》がいた。笠松と深沢は、吉村が連れてきたのである。

雲十郎と馬場は吉村に連絡をとり、借家に集まってもらったのだ。

「どこにいた」

吉村が身を乗り出すようにして訊いた。笠松と深沢も、雲十郎を見つめている。

「小石川だ」

馬場が、雲十郎に代わって、景山道場とお京たちの住む借家がある地を話した。

ちかごろ、馬場と雲十郎は吉村に対して朋友《ほうゆう》のような口を利《き》くようになった。

水島たちの悪事をあばくために、いっしょに活動することが多かったからである。

「それで、依之助は兄上の子なのか」

吉村が訊いた。気になっているのだろう。

「まだ、はっきりしないが……。水島源左衛門が、ずっとお京と依之助の世話をしてきたようだ。そのことからみて、依之助は源左衛門の子のような気がするが」

もし、源左衛門の子でなかったら、十数年もの長い間、ふたりの世話をしてこなかっただろう、と雲十郎は思った。

「何ということだ」

吉村が憤慨したように言った。

「いずれにしろ、だれの子か知っているのは、お京だけではないか」

馬場が、もっともらしい顔をした。

「やはり、お京を捕らえて話を聞くしかないな」

と、雲十郎。

「捕らえよう」

吉村が腹をかためたような顔をして言った。

「それでいつ?」

「早い方がいい。明日だな」

雲十郎が、辻駕籠を二挺《ちょう》用意し、捕らえたふたりをこの借家に連れてくることを言い添えた。吉村の屋敷では、水島たちにすぐ知れるだろう。水島たちは、どんな手を使ってでもふたりを奪い返そうとするにちがいない。

「駕籠はこちらで用意します」

笠松が言った。

「頼む」

「では、明日」

吉村たちが立ち上がった。


翌朝、雲十郎と馬場は、おみねに作ってもらった朝餉をすますと、すぐに借家を出た。神田川にかかる昌平橋を渡ると、橋のたもとで吉村たち三人が待っていた。辻駕籠が二挺、すこし離れた岸際に置いてあり、四人の駕籠かきがこちらに目をむけていた。

「駕籠かきには、酒代を余分に渡してありますので、うまくやってくれるはずです」

笠松が、雲十郎と馬場に目をむけて言った。

「よし、行こう」

馬場が先にたった。

雲十郎たちは、すこし間をとって歩いた。二挺の駕籠は、さらに間をとってついてくる。念のため、人目を引かないようにばらばらになって行くことにしたのだ。

雲十郎たちは、景山道場の脇を通り、お京と依之助の住む仕舞屋のある路地に入った。いっとき歩くと、馬場と雲十郎は路傍に足をとめ、後続の吉村たちが近付くのを待った。

吉村たちが集まったところで、

「そこの板塀をまわした家だ」

馬場が、路地の先を指差した。

「どうする」

吉村が訊いた。

「おれが、様子を見てくる。ふたりがいなければ、帰るまで待つことになるな」

そう言い置き、馬場がその場を離れた。

馬場は仕舞屋の戸口に身を寄せ、なかの様子をうかがっているようだったが、すぐにもどってきた。

馬場は、雲十郎たちに近付くなり言った。

「ふたりとも、いるぞ」

家のなかから、お京と依之助の声が聞こえたという。

「ふたりだけか」

源左衛門が来ているかもしれない、と雲十郎は思ったのだ。

「声が聞こえたのは、ふたりだけだ」

馬場が言った。

「都合がいいな。すぐに、とりかかろう」

雲十郎たちは、仕舞屋にむかった。

仕舞屋の脇まで来ると、二挺の駕籠を路地に置かせ、駕籠かきたちは待たせることにした。そして、馬場と深沢が裏手にまわった。裏手から飛び出すようなことがあれば、ふたりで押さえるのである。

「いくぞ」

雲十郎、吉村、笠松の三人が、表の戸口に足をむけた。

引き戸はしまっていたが、日中から戸締まりして家に籠っているはずはないので、あくだろう。

「お京どの、水島さまの使いで来ました」

雲十郎がそう声をかけてから、板戸を引いた。戸は重い音をたててあいた。

土間の先が板間で、その奥が座敷になっていた。座敷に、三十がらみと思われる女がいた。お京であろう。膝先に畳んだ着物が置いてあった。着物を畳んでいたのかもしれない。

お京は家に入ってきた雲十郎たち三人を見ると、顔をこわばらせ、

「どなたです」

と、うわずった声で訊いた。

色白で、ほっそりした女だった。細い切れ長の目をしていた。長い間、人目を忍んで生きてきたせいであろうか。顔に暗い翳《かげ》と卑屈《ひくつ》さのようなものが感じられた。

「それがし、水島さまにお仕えする者でござる。水島さまに言われ、お京どのと

依之助どのを迎えにきました」

　雲十郎が言った。騙《だま》したくなかったが、母子に縄をかけて連れていくわけにはいかなかったのだ。

「水島さまから、言われたのですか」

　お京の目に、警戒《けいかい》するような色があった。

「そうです。おふたりの駕籠も用意してあります」

「どこへ行くのです」

「京橋《きょうばし》近くのお屋敷で、水島さまがお待ちでございます。ひとまず、依之助どのとごいっしょに、そこへ」

「水島さまは、そのお屋敷におられるのですか」

　お京の顔が、いくぶんなごんだ。雲十郎の話を信じたらしい。

「お京さまたちをお待ちしています」

「分かりました。すぐに、依之助に知らせます」

　お京は踵を返し、右手にある廊下を奥へむかった。

　奥の座敷で、お京と依之助のやりとりが聞こえ、ふたりして姿を見せた。

　依之助はお京に似て、ほっそりとしていた。顔付きも似ている。外に出て体を動かす機会がすくないせいか、ひ弱な感じがした。

「おふたりは、駕籠へお乗りください」

雲十郎が言った。

「着替えだけでも……」

お京は戸惑うような顔をした。せめて、ふたりの着替えだけでも、持っていきたいと思ったのだろう。

「いえ、ひとまず、水島さまとお話しし、段取りを聞いてからにしてください。引っ越しということになれば、すべて水島さまが手筈《てはず》してくれるはずです」

雲十郎がもっともらしく言った。

「そう……。依之助、行きましょう」

お京が声をかけた。

お京と依之助は、雲十郎たちにつづいて戸口から出た。

雲十郎が、家の脇に置いてある駕籠を指差した。

「駕籠は、そこに」

「二挺あるわ」

お京が言った。顔に残っていた不安そうな色が、駕籠を見て消えた。二挺の駕籠が用意してあるのを見て、水島が手配してくれたと信じたらしい。

「さァ、駕籠へ」

雲十郎が言うと、駕籠かきが垂れていた簾《すだれ》を上げた。

お京と依之助が駕籠に乗り込むと、吉村がそばにいた笠松に、馬場と深沢を呼んでくるよう小声で指示した。

馬場と深沢がもどって来たところで、

「駕籠を出してくれ」

と、雲十郎が駕籠かきに声をかけた。

二挺の駕籠は、お京と依之助を乗せて仕舞屋から離れていく。

2

お京は駕籠から出て、雲十郎たちの住む借家を目にすると、

「ここですか」

と言って、驚いたような顔をした。小体で粗末な造りの家だったからであろう。

「そうです。なかで、水島さまがお待ちです」

雲十郎は、お京と依之助に家に入るよう声をかけた。

お京と依之助は、戸惑うような顔をしたが、雲十郎たちにうながされて戸口から家に入った。

土間の先の座敷には、だれもいなかった。座敷には火鉢や行灯などが置いてあり、隅の衣桁《いこう》には、雲十郎と馬場の小袖がかかっていた。一目で、男が使っている座敷と分かるだろう。

雲十郎につづいて、吉村や馬場たちが土間に入ってきた。

お京の顔色が変わり、

「み、水島さまは、どこにいるんです」

と、目をつり上げて訊いた。体が顫えている。

「お京、ともかく上がれ」

雲十郎の物言いが変わった。低い、凄みのある声である。

「あ、あんたたちは、だれだい！　あたしを騙したね」

お京が声を震わせて叫んだ。地が出たのか、蓮《はす》っ葉《ぱ》な物言いである。

「騙したのは、お京、おまえたちではないか」

雲十郎が言った。

「な、なんだって！」

「お京、ここにいるのは、だれか分かるか」

雲十郎が、脇に立っている吉村に目をやって言った。

「だ、だれだい」

「吉村恭之助どのだ。よく、顔を見てみろ。だれかに似てないか」

「……！」

お京は吉村の顔を見つめていたが、

「だ、誰に、似てるんだい」

と、訊いた。姓がちがい、歳も離れているので、吉村の顔が柴崎と重ならないのかもしれない。

「吉村どのは、柴崎宗右衛門さまの弟だ」

雲十郎が言った。

「柴崎さま……」

お京はあらためて吉村を見つめた。その顔に、ハッとした表情が浮いた。吉村の顔が、宗右衛門と重なったのだろう。

お京の顔が蒼ざめ、体の顫えが激しくなってきた。

「お京、依之助、ともかく、座敷に上がってくれ。訊きたいことがある」

吉村が言った。

お京は無言でうなずいた。

座敷には、お京と依之助、それに雲十郎、馬場、吉村の五人だけが上がった。笠松と深沢は裏手にまわり、台所で待つことになった。座敷は狭く、七人も座ると、顔を突き合わせてしゃべらなければならなくなるのだ。

「おれたちは、お京と依之助のためを思ってこうやったのだ」

吉村が言った。

「…………」

お京は身を硬くし、口をつぐんでいる。

「水島源左衛門から、依之助が柴崎家の跡を継ぐように言われているな」

「……！」

お京の顔から血の気が引き、肩先が震えだした。依之助も、蒼ざめた顔で身を顫わせている。

どうやら、源左衛門からお京と依之助に、柴崎家の跡取りの話がしてあるらしい。

「柴崎家二千石の跡取りになれば、どのような贅沢《ぜいたく》でも思いのままになる。そう、水島に言われたのではないか」

吉村の声に、強いひびきがくわわった。

「あ、あたし、知らない……」

お京が、声を震わせて言った。

「お京、依之助、柴崎家は二千石だぞ。その家を、簡単に継げるとでも思っているのか。それに、柴崎家には、奥方の佐江どの、嫡男の松太郎、長女の菊乃がいるのだぞ。……依之助が柴崎家を継げば、その方たちはどうなると思っているのだ」

吉村の声は、さらに激しくなった。双眸が、強いひかりをはなっている。

「……！」

お京と依之助は、身を顫わせて口をつぐんでいる。

「だが、おまえたちが仕組んだのではないとみている。おまえたちをここに連れてきたのは、なぜか分かるか」

吉村の声に、諭すようなひびきがくわわった。

「おまえたちふたりを、わざわざ駕籠を用意して連れてくるような手間をとらずに、小石川片町の家で始末してしまえば、それですべてが済んだのだ。……それをしなかったのは、おまえたちには、罪がないとみたからだ」

吉村は口をつぐんで、お京を見つめ、

「お京……」

と、声をあらためて言った。

「依之助の父親の源左衛門に、言われたのだな。……おまえたちが、仕組んだことではないな」

吉村は依之助の父親はだれだ、とは訊かずに、依之助の父親の源左衛門、と口にした。お京に、すでに、そのことは分かっている、と知らせるためである。

「そうです」

お京は吉村を見つめ、はっきりと言った。お京も、いまさら依之助の父親を隠してもしかたがない、と思ったようだ。

「やはり、そうか」

吉村の顔に安堵《あんど》の表情が浮いた。吉村は、依之助の父は源左衛門だとは思っていたが、一抹《いちまつ》の不安があったのだろう。

吉村が口をつぐむと、これまでのやり取りを黙って聞いていた雲十郎が、

「依之助、源左衛門はおまえに、宗右衛門どのを父上と呼ぶよう言ったのではないか」

と、依之助に訊いた。

「そ、そうです」

依之助が声をつまらせて言った。

「お京、もうひとつ言っておきたいことがある。……宗右衛門どのは源左衛門に、柴崎家の跡を依之助に継がせるよう、迫られたとき、依之助は自分の子ではない、と口にしなかったらしい。それは、なぜか分かるか」

雲十郎が、お京に訊いた。

「そ、宗右衛門さまが、あ、あたしを、馴染みにしてくれたからではないかと……」

お京が、言いにくそうな顔をした。

「むろんそれもあるだろう。……おれの憶測《おくそく》だがな。宗右衛門どのは、依之助が自分の子ではないと分かっていても、あえてそれを口にしなかったような気がするのだ」

「…………」

お京が、雲十郎に目をむけた。

依之助、吉村、馬場の三人も、雲十郎を見つめて次の言葉を待っている。

「宗右衛門どのの胸の内には、お京と依之助を何とか助けてやりたいとの思いが、あったからではないかな」

雲十郎が静かな声で言った。

お京の視線が揺れた。顔がこわばっている。

「宗右衛門どのはおまえを馴染みにしたとき、情けをもたれたのではないかな。……それで、助けてやりたいと思われたのではあるまいか」

「……！」

ふいに、お京の顔がゆがみ、目から涙が溢れて頬をつたった。

「し、柴崎の旦那、堪忍して……。あたし、旦那を騙そうとしたんです」

そう涙声で言うと、お京は両手で顔をおおってしまった。

肩を震わせて嗚咽《おえつ》を洩らすお京の脇で、依之助は歯を食いしばって泣くのに堪《た》えている。

3

ゆいが、表戸の脇から外を見ながら、

「鬼塚さま、馬場さま、見てください」

と、雲十郎と馬場に言った。ゆいの顔が、こわばっている。

雲十郎と馬場が朝餉を終え、これから愛宕下にある畠沢藩の上屋敷に行くつもりでいた。柴崎家の世継ぎにかかわる騒動の経緯を江戸家老の小松に、話しておこうと思ったのである。

そこへ、門付の恰好をしたゆいが家に飛び込んできて、「いま、この家を出ることはできません」と言ったのだ。

「道端の椿の陰に、玄仙が」

ゆいが、路地の先を指差した。

見ると、路傍の椿の樹陰に、雲水笠が見えた。雲水に姿を変えた玄仙がかぶっている笠である。

「玄仙ひとりか」

「いえ、ここからは見えませんが、他に三人います」

ゆいによると、路地沿いの店の陰に、郷之助と俊次郎、それに別の樹陰に戸山平十郎《へいじゅうろう》が身をひそめているという。戸山は水島家の家士で、ゆいが水島家の屋敷に忍び込んだとき、源左衛門や玄仙といっしょにいた男である。

「四人で、おれたちを待ち伏せするつもりか」

雲十郎が言った。

「玄仙たちは、お京と依之助が連れ去られたことを知り、鬼塚さまと馬場さまを討とうとしているのです」

お京と依之助をこの家に連れてきて、話を聞いたのは三日前だった。いま、お京と依之助は、吉村家の屋敷に匿《かくま》っていた。そのことを知っているのは、三日前、この家にいた吉村や雲十郎たちだけである。

「ここから出られないな」

玄仙たち四人は、いずれも遣い手だった。ゆいが手を貸してくれたとしても、太刀打ちできないだろう。

「どうする」

馬場が顔をけわしくして訊いた。

「このまま家に籠っているわけにもいかないぞ」

雲十郎たちが家から出なければ、玄仙たちは踏み込んでくるだろう。

「裏から出られますか」

ゆいが訊いた。

「出られるが、表の路地に出るしかないのだ」

家の裏手にも仕舞屋や借家などがあったが、裏手に通りはなく、いずれの家からも表の路地に出るようになっていた。

「住んでいるのは、町人ですか」

「そうだが」

「では、町人に化けて、逃げましょう」

「町人に化けるのか」

馬場が訊いた。

「そうです。顔を隠せば、鬼塚さまたちと気付かれないはずです」

「おもしろい。町人に化けて逃げ出そう」

馬場が声を上げた。

雲十郎と馬場は、すぐに座敷にもどり、小袖に角帯という恰好になると、小袖の裾をからげて尻《しり》っ端《ぱし》折《しょ》りし、手ぬぐいで頬かむりした。

「刀はどうする」

馬場が訊いた。

「刀は持っていきたいな。……そうだ、莫蓙が一枚あったはずだ。あれで、ふたりの刀を包もう」

「それがいい」

すぐに、馬場が台所の隅に丸めてあった莫蓙を持ってきた。そして、ふたりの刀を包むと、小脇にかかえた。

「これなら、刀を持っているようには見えないな」

雲十郎が言った。

雲十郎、馬場、ゆいの三人は、裏手にまわった。背戸から出て、雑草でおおわれた空き地を抜け、裏手の仕舞屋や長屋をかこった板塀の脇などを通って小径に出た。雲十郎、馬場、ゆいの三人は、それぞれ間をとって歩いていく。

しばらく小径をたどると、雲十郎たちの住む借家の前の路地に出た。そこは借家から、二町ほども離れていた。身をひそめている玄仙や郷之助たちの姿は見えなかった。玄仙たちからも、半町ほど離れているはずだった。

雲十郎と馬場は、さらに路地を歩いた。後ろから、ゆいがついてくる。

「鬼塚、だれも追ってこないぞ」

馬場が歩きながら言った。

「うまく、逃げ出せたな」

どうやら、玄仙たちに気付かれずにすんだようだ。

雲十郎と馬場が歩調をゆるめると、ゆいが追いついてきた。

「玄仙たちは気付かなかったようです」

ゆいが小声で言った。

「うまくいったが、何度も同じ手は使えないな」

雲十郎は、一度だけだろう、と思った。次は待ち伏せではなく、雲十郎たちが家にいるのを狙って踏み込んでくるかもしれない。

「どうする」

馬場が訊いた。

「しばらく、上屋敷の長屋に泊めてもらうか」

雲十郎は、徒士頭の大杉に頼めば、徒士の住む長屋をあけてくれるだろうと思った。

「おれが、お頭に頼んでもいいぞ」

「馬場に頼もう」

「これから上屋敷に行くか」

馬場が言った。

「そうしよう」

雲十郎と馬場は、そんなやり取りをしながら歩いた。ゆいは、黙ってついてくる。

「だが、このままというわけにはいかないぞ」

雲十郎が声をあらためて言った。

「おれたちが、上屋敷にとじこもっていれば、玄仙たちは吉村どのに狙いを変える。そうなれば、お京と依之助が匿われていることも気付くだろう。……玄仙たちなら、吉村どのの屋敷に押し入って、お京たちを討とうとするかもしれない」

そのとき、雲十郎の後ろを歩いていたゆいが、

「わたしも、そうみます」

と、小声で言った。

「何とか手を打たねばな」

馬場が顔をきびしくした。

「玄仙たちが、仕掛けてくるのを待つことはない。おれたちが、先に玄仙たちを討ち取ればいいのだ」

雲十郎が言った。

「そうだ！　玄仙たちを討とう」

馬場が声を上げた。

4

雲十郎と馬場は、小石川片町に来ていた。そこは、景山道場から一町ほど離れたところにある稲荷の境内だった。雲十郎たちは、そこでゆいがもどってくるのを待っていたのである。

雲十郎たちが玄仙たちの待ち伏せから逃れ、三日経っていた。この間、雲十郎と馬場は愛宕下の上屋敷の長屋に寝泊まりしていた。

小石川片町には、雲十郎、馬場、ゆいの三人で来ていた。そろそろ、玄仙や郷之助たちが、景山道場に顔を出すのではないかとみたのだ。

三人で稲荷の前を通りかかったとき、

「わたしが、探ってきましょう」

そう言って、ゆいは雲十郎たちをその場に残し、ひとりで景山道場にむかったのである。

雲十郎と馬場が稲荷の祠につづく石段に腰を下ろして、小半刻（三十分）ほどすると、ゆいがもどってきた。

「どうだ、道場の様子は」

雲十郎が訊いた。

「三人、来ています」

「三人もいたのか」

「はい、玄仙と郷之助、それに戸山です」

「景山もいるので、四人だな。それだけいると、道場を襲うわけにはいかないな。返り討ちに遭う」

「ただ、玄仙は母屋に寝泊まりしているようです」

ゆいによると、玄仙と景山が話しているのを耳にし、玄仙は食客として景山の許にいるらしいことが分かったという。

「玄仙は、景山の許にもどったのか。それで、郷之助と戸山が道場に来ていたのだな」

三人で、雲十郎たちを討つ相談でもしていたのだろう、と雲十郎は思った。

「郷之助と戸山は話が済めば、小川町の屋敷に帰るはずです」

ゆいが言った。

「途中、郷之助たちを襲えばいいのだな」

雲十郎は、ふたりなら討てる、と思った。

「よし、待ち伏せしてふたりを討とう」

馬場が勢い込んで言った。

「郷之助たちの帰りの道筋は分かっている。神田川沿いの道で待とう」

郷之助たちは、景山道場から小川町にある水島家の屋敷に帰るとき、神田川沿いの道を通るはずだ。

雲十郎と馬場はゆいを残し、神田川の方に足をむけた。ゆいは景山道場を見張り、郷之助たちの動きを雲十郎たちに知らせるために残ることになったのだ。

雲十郎と馬場は、神田川の岸際に植えられた柳の樹陰に身を隠していた。そこは、駿河台《するがだい》である。郷之助たちが小川町にむかう道筋である。

「そろそろ、来てもいいころだがな」

雲十郎が通りの先に目をやって言った。

ふたりがこの場に身を隠して、半刻（一時間）以上経つ。すでに、陽は西の家並のむこうに沈みかけていた。

「別の道で、帰ったのかな」

馬場が不安そうな顔をして言った。

「そんなことはない。別の道を帰れば、ゆいが知らせにくるはずだ」

雲十郎たちが、この辺りに身をひそめていることは、ゆいも知っていた。

「おい、あれではないか」

馬場が身を乗り出すようにして言った。

見ると、通りの先にふたりの武士の姿が見えた。

「郷之助たちだ」

郷之助と戸山である。こちらに歩いてくる。

「後ろから来るのは、ゆいどのだ」

ゆいは、町娘のような恰好をしていたが、ゆいであることは分かった。ゆいは物陰に隠れたりしなかった。通行人を装って郷之助たちの後から歩いてくる。郷之助たちがゆいを目にしても、町娘が跡を尾けてくるとは思わないだろう。

郷之助と戸山は、何か話しながら歩いてくる。その姿が、次第《しだい》に近付いてきた。

「おれが後ろにまわる」

馬場が目をひからせて言った。

郷之助たちが、十間ほどに迫った。

「いくぞ!」

雲十郎が樹陰から飛び出し、通りのなかほどに走った。

馬場はすこし遅れ、川岸沿いを走って郷之助たちの後方にむかった。

郷之助と戸山は驚いたような顔をして足をとめ、

「鬼塚だ!」

と、郷之助が声を上げた。

「待っていたぞ」

雲十郎は、左手で刀の鍔元を握り、右手を柄に添えた。

この間に、馬場は郷之助たちの背後にまわった。

「後ろに馬場が！」

戸山が振り返って叫んだ。

「挟み撃ちか！」

郷之助は刀の柄を握り、抜刀の気配を見せた。

背後にまわった馬場が、

「戸山、おれが相手だ！」

と、叫んだ。

「おのれ！」

戸山は、馬場に体をむけて抜刀した。

雲十郎は郷之助と相対した。ふたりの間合は、およそ三間半――。

郷之助は抜刀し、青眼に構えると、切っ先を雲十郎にむけた。雲十郎は右手で柄を握り、居合腰に沈めた。居合の抜刀体勢をとったのである。

「居合か！」

郷之助が、驚いたような顔をした。雲十郎が居合を遣うことは、知らなかったようだ。

5

……遣い手だ！

雲十郎は察知した。

郷之助の構えは、隙がなかった。青眼に構えた剣尖《けんせん》が、ピタリと雲十郎の目線につけられている。

ただ、気の昂りで顔が赭黒く染まり、体に力みがあった。道場での稽古は積んでいても、真剣勝負の経験はすくないのだろう。

……横霞を遣う！

雲十郎は、横霞で郷之助を仕留められると踏んだ。

ふたりは、対峙したまますぐに動かなかった。間合はおよそ三間半――。まだ、居合の抜きつけの間合の外である。

「いくぞ」

雲十郎は趾《あしゆび》を這うように動かし、ジリジリと間合をつめ始めた。

と、郷之助は青眼に構えた切っ先を小刻みに揺らし、体を前後に動かし始めた。斬撃の起こりと間合を読みづらくするためらしい。

居合は、抜刀の迅さと間合の読みが大事だった。わずかな間合の差が、勝負を分けることが多い。そのことを郷之助は知っているようだ。

……ならば、背を斬る！

雲十郎が胸の内でつぶやいた。

背を斬る、とは、対峙した敵の背を斬るつもりで、深く踏み込むということである。多少の間合の読み違いは、踏み込みの深さでおぎなうことができる。

かまわず、雲十郎は郷之助との間合をつめていく。

イヤアッ！

突如《とつじょ》、郷之助は裂帛の気合を発し、大きく一歩踏み込んだ。斬り込むとみせて威圧し、雲十郎の寄り身をとめようとしたのだ。

だが、郷之助が気合を発して踏み込んだ瞬間、切っ先が浮き、隙が生じた。この一瞬の隙をとらえ、雲十郎が踏み込んだ。

居合の抜刀の間合に踏み込むや否や、雲十郎の全身に抜刀の気がはしった。

タアッ！

鋭い気合と同時に、雲十郎の体《たい》が躍《おど》った。

シャッ、という刀身の鞘ばしる音がし、閃光が横一文字にはしった。

迅い！

郷之助の目に、雲十郎の刀身は見えなかったはずだ。横にはしる閃光が、一瞬目に映じただけだろう。

咄嗟に、郷之助は後ろに身を引いて、雲十郎の抜き打ちをかわそうとした。だが、間に合わなかった。

ザクッ、と郷之助の着物の腹部が横に裂けた。腹があらわになり、赤くひらいた傷口から臓腑が覗き、血が流れ出た。

郷之助は呻き声を上げて、よろめいた。だが、倒れなかった。足をとめると、左手で腹を押さえ、右手だけで刀を振りかぶった。押さえた手の指の間から血が溢れ出、赤い筋を引いて地面に流れ落ちている。

「お、おのれ！」

郷之助は目をつり上げ、歯を剝き出した。悪鬼のような形相《ぎようそう》である。

「引け！　勝負あった」

雲十郎が声をかけた。

「まだだ！」

叫びざま、郷之助は雲十郎に迫ってきた。片手で、刀を振り上げている。そのまま、斬り下ろすつもりらしい。

雲十郎は八相にとった。切腹の介錯をするおりの構えだった。この構えから首を刎《は》ねるのである。

郷之助は斬撃の間合に踏み込むと、タリャッ！　と、甲走《かんばし》った気合を発し、振り上げた刀を斬り下ろした。

片手でたたきつけるような斬撃だが、速さも鋭さもなかった。

すかさず、雲十郎は体を右手に寄せて斬撃をかわすと、タアッ！と鋭い気合を発し、八相から袈裟に斬り下ろした。

稲妻のような鋭い斬撃である。

その切っ先が、前に伸びた郷之助の首をとらえた。

にぶい骨音がし、郷之助の首が前にかしげた瞬間、首から血が赤い帯のようにはしった。雲十郎の切っ先が、首の血管《ちくだ》を斬ったのだ。

郷之助は血を噴出させながら前によろめき、そのまま顔からつっ込むように俯せに倒れた。

郷之助は、地面に伏臥《ふくが》したまま動かなかった。首筋から激しく出血している。

血は地面にひろがり、赤い布で郷之助をつつむようにひろがっていく。

雲十郎は血刀を引っ提げたまま郷之助の脇に立つと、

……死んだか！

と、胸の内でつぶやいた。

雲十郎は馬場と戸山に目を転じた。

ふたりは、まだ勝負が決していなかった。馬場は八相に構え、戸山は青眼に構えて対峙している。

……馬場が後《おく》れをとるようなことはない。

と、雲十郎はみてとった。

すでに、ふたりは斬り合っていた。戸山の着物が、肩から胸にかけて裂け、かすかに血の色があった。深手ではないようだが、戸山は馬場の斬撃をあびたようだ。

戸山の青眼に構えた切っ先が、小刻みに震えていた。斬撃をあびたことで、気が昂っているのだ。

一方、馬場は八相に構えていた。どっしりと腰が据わり、両肘を上げて刀身を高くとっている。その巨軀とあいまって、大樹のような大きな構えである。

雲十郎は、抜き身を手にしたまま馬場に近付いた。

ふいに戸山が動いた。雲十郎の姿を目にしたらしい。青眼に構えたまま、摺り足で馬場との間合を狭めていく。

馬場は動かなかった。気を静めて、ふたりの間合と戸山の斬撃の起こりを読んでいる。

戸山の寄り身がとまった。一足一刀の斬撃の間境の一歩手前である。戸山は馬場の構えに威圧されて、斬撃の間合に入れなかったようだ。

タアリャッ！

突如、戸山が甲走った気合を発した。気合で馬場の気を乱し、構えをくずそうとしたのだ。

だが、馬場は戸山が気合を発した一瞬の気の動きをとらえた。一歩踏み込みざま、柄を握った両拳をピクッと動かし、斬撃の気配を見せた。戸山の仕掛けを誘ったのだ。

この誘いに戸山が反応した。

タアッ！

鋭い気合と同時に、体が躍動した。

踏み込みざま真っ向へ――。

トオッ！

間髪《かんはつ》を入れず、馬場も動いた。巨軀が躍り、閃光がはしった。

八相から袈裟へ――。

戸山の真っ向と馬場の袈裟。二筋の閃光が眼前で合致し、甲高い金属音がひびき、青火が散った。

ふたりの刀身が、顔前でとまった。ふたりは体を近付け、刀身を押し合った。

鍔迫り合いである。

馬場が腰を落として、グイと押すと、戸山が後ろによろめいた。馬場は巨軀の上に強力だった。

トオオッ！

裂帛の気合を発し、馬場が斬り込んだ。

袈裟にはしった切っ先が、戸山の肩に食い込んだ。凄まじい斬撃だった。鎖骨を截断し、胸まで斬り下げている。

戸山が、グワッ！という呻き声を上げ、身をのけ反らせた。肩と胸から血が迸《ほとばし》り出、辺りに飛び散った。

戸山は背後によろめいた。足がとまると、ふたたび青眼に構えようとしたが、体が揺れ、腰から砕けるように倒れた。

伏臥した戸山は両手を地面につき、頭をもたげて起き上がろうとしたが、体が前に引きずられただけだった。迸り出た血が音をたてて地面に流れ落ち、赭黒い血溜まりをひろげていく。

馬場は切っ先を戸山の背にむけ、

「とどめを刺してくれる!」

と言いざま、突き刺した。

戸山は、グッと喉のつまったような呻き声を上げ、身をのけ反らせたが、馬場が刀身を引き抜くと、地面に腹ばいになった。

戸山の背から血が激しく奔騰《ほんとう》した。馬場の切っ先が、戸山の心ノ臓を突き刺したのである。

戸山は俯せに倒れたまま四肢《しし》を小刻みに震わせていたが、すぐに動かなくなった。絶命したようである。

「馬場、見事だ」

雲十郎が馬場に声をかけた。

「郷之助は？」

馬場が訊いた。双眸が異様にひかり、顔が赭黒く染まっている。真剣勝負の気の昂りと血の滾《たぎ》りが体に残っているのだ。

「仕留めた」

雲十郎は、倒れている郷之助を指差した。

そこへ、ゆいも歩み寄った。倒れている戸山と郷之助に目をやり、眉を寄せたが何も言わなかった。

「どうする」

馬場が訊いた。

「ふたりの死体を、この場に放置することはできんな。水島家に立ち寄って知らせてやろう」

「おい、水島家へ行くのか」

馬場が驚いたような顔をした。

「ここから近いからな。それに、屋敷の者に知らせれば引き取りにくるだろう」

雲十郎の胸の内には、水島が郷之助と戸山が返り討ちに遭ったことを知れば、しばらく雲十郎たちや吉村に手が出せなくなる、との読みがあったのだ。

雲十郎たちは、郷之助と戸山の死体を岸際の叢のなかに運び、通りの邪魔にならないようにしてから、水島家に足をむけた。

雲十郎と馬場は水島家の屋敷に着くと、表門の門番所にいた若党に名を告《つ》げ、郷之助と戸山の死体が置かれている場所を話した。

雲十郎たちから話を聞いた若党は、血の気を失い、

「お、お待ちを、殿にお伝えしてきます」

と、声を震わせて言った。

「おれたちは、知らせに来ただけだ」

雲十郎はそう言い置き、馬場とともに急いでその場を離れた。

背後で、若党の慌ただしい足音が聞こえたが、雲十郎たちは振り返りもしなかった。

6

「郷之助と戸山を斬ったのは、鬼塚どのたちか」

吉村が雲十郎に訊いた。

そこは、山元町にある雲十郎と馬場の住む借家である。郷之助と戸山を斬った後、雲十郎たちは上屋敷から、借家にもどった。玄仙と俊次郎のふたりだけで、雲十郎たちを襲うことはないとみたのである。

雲十郎たちが郷之助と戸山を斬った三日後、吉村が笠松を連れて、山元町の借家に姿を見せた。吉村は、郷之助と戸山が斬られたことを知って、雲十郎と馬場に話を聞きにきたらしい。

「おれと馬場とで、斬った」

雲十郎が言うと、馬場がうなずいた。

「残るは、玄仙と俊次郎だけか」

吉村の顔が、いくぶんやわらいだ。

「どうかな。景山が、玄仙たちと襲ってくるかもしれないし、景山道場の門弟だった者が新たにくわわることも考えられる」

雲十郎が言った。

「うむ……」

馬場がけわしい顔をした。

次に口をひらく者がなく、座敷が重苦しい沈黙につつまれたとき、雲十郎が吉

村と馬場に目をやり、

「一気に始末をつけるか」

と、語気を強めて言った。

「一気に始末をつけるとは」

吉村が聞き返した。

「水島に会い、お京が、依之助は柴崎さまの子ではないことを認め、依之助も柴崎家を継ぐ気はないことをはっきり言うのだ。そうすれば、水島は、此度《こたび》の件から手を引かざるを得なくなる。……そればかりか、水島の身もあやうくなるはずだ。旗本でありながら放蕩《ほうとう》に耽《ふけ》り、料理屋の女中に産ませた子を本家である柴崎家の跡継ぎにしようと陰謀をめぐらし、玄仙のような無頼者《ぶらいもの》を使って何人も殺しているのだからな」

雲十郎が言った。

幕府には、旗本や御家人の素行を調査し、糾弾《きゅうだん》する役柄の御目付、御徒目付などがいる。そうした目付筋の者たちに訴えれば、水島の悪事は露見し、相応に罰せられるだろう。

「よし、やろう。いつまでも、お京と依之助を匿っているわけにもいかないからな。それに、水島に直接、どうしてこんなことをしたのか問い質したい」

吉村が腹をかためたように言った。

「水島家に乗り込むのか」

馬場が身を乗り出して言った。

「そうだ」

「水島はどう出るかな」

吉村の顔に、懸念の色が浮いた。

「いまなら、水島家にいる腕のたつ者は、俊次郎だけだ。……屋敷には家士や若党が何人かいるだろうが、恐れることはない」

「それで、いつ、やる」

雲十郎は、念のためにゆいにも手を貸してもらおうと思った。

吉村が訊いた。

「明後日、朝のうちに乗り込もう」

雲十郎は、今日中にもゆいと接触して話すつもりだった。できれば、踏み込む前に、ゆいに水島家の様子を探ってもらいたいと思った。

「承知した」

吉村が低い声で言った。双眸が、燃えるようにひかっている。

二日後、暁闇《ぎょうあん》のうちに、雲十郎は馬場とともに山元町の借家を出た。吉村たちとは、昌平橋のたもとで待ち合わせることにしてあった。雲十郎は夜陰につつまれた町筋を歩きながら、ゆいの姿を探したが、どこにもなかった。先に、水島家の近くまで行っているのかもしれない。

雲十郎は吉村と会ったその日のうちに、ゆいと会うことができた。ゆいが山元町の借家に姿を見せたのだ。ゆいは、吉村が雲十郎の許に来たことを知り、様子を訊きにきたのである。

雲十郎はゆいに吉村たちと話したことを伝え、明後日に水島家に踏み込むことを話した。すると、ゆいは自分から、「わたしも行きます」と言い出したのである。

雲十郎と馬場が、昌平橋のたもとまで来ると、吉村と笠松の姿があった。先に来て、雲十郎たちを待っていたようだ。

雲十郎たちが、神田川沿いの道を川上にむかって歩きだすと、

「水島は屋敷にいるかな」

すぐに、吉村が言った。水島がいるかどうか、気になっているようだ。

「いるはずだ。いまの水島には、自邸の他に居場所はあるまい」

それに、ゆいから何の知らせもなかった。おそらく、ゆいは昨日のうちに、小川町へ行き、水島の屋敷を探ったはずだ。水島がいなかったり、何か変わったことがあれば、雲十郎に知らせにくるだろう。

「そうだな」

吉村がうなずいた。

雲十郎たちは、神田川の通りを経て、小川町の武家屋敷のつづく通りに入った。すでに、明け六ツ（午前六時）は過ぎ、東の空に朝陽のかがやきが満ちている。

しばらく歩くと、前方に水島家の屋敷が見えてきた。変わりはないようである。雲十郎は屋敷周辺に目をくばった。ゆいの姿を探したのだが、それらしい人影はなかった。すでに、ゆいは屋敷内に侵入しているのであろう。

雲十郎たちは表門に近付くと、吉村が門番所にいた若党に、

「吉村恭之助だ。叔父上に会いに来た」

とだけ言い、勝手にくぐりからなかに入った。すぐに、雲十郎たちがつづい

た。

　若党は、この前、雲十郎と馬場が、郷之助と戸山の死体のことを話した男だった。若党は、雲十郎たちの顔を見ると、

「こ、ここで、お待ちください。すぐに、殿にお伝えします」

と声を震わせて言い、雲十郎たちを玄関先に残したまま、慌てた様子で屋敷に入った。

　雲十郎は、すばやく玄関の周辺に目をくばった。変わった様子はないか、探ったのである。

　屋敷の左手が庭になっていた。隅のつつじの植え込みの陰に人影があった。

　……ゆいだ！

　雲十郎は胸の内で声を上げた。

　わずかに忍び装束が見えたが、そう思って見なければ、気付かないだろう。ゆいは暗いうちに屋敷内に侵入し、なかの様子を探っていたらしい。

　そのとき、ゆいがつつじの脇から顔を出し、雲十郎にちいさくうなずいて見せた。そして、すぐに頭を下げてつつじの陰に隠れてしまった。ゆいはつつじの葉《は》叢《むら》の間から、雲十郎が自分の方に目をむけているのを見て、屋敷内に異常がない

ことを知らせたようだ。

雲十郎もすぐに玄関に目を移した。馬場と吉村は、何も言わなかった。ゆいに気付かなかったらしい。

若党は、なかなかもどってこなかった。雲十郎たちが屋敷内に踏み込もうとしたとき、慌ただしく廊下を歩く足音がし、若党がもどってきた。

「お、お上がりください。と、殿が、お会いするそうです」

若党が、声を震わせて言った。

7

若党が連れていったのは、庭に面した座敷だった。客間らしい。床の間があり、山水画の掛け軸が下がっていた。

「す、すぐに、殿はお見えになります。ここで、お待ちください」

若党はそう言い残し、慌てて座敷から出ていった。

屋敷内から、物音や人声が聞こえてきた。障子や襖を開け閉めする音や廊下を歩く音などである。人声は男のものだったが、何を話しているのか、聞き取れなかった。

いっときすると、廊下を歩く何人もの足音が聞こえ、雲十郎たちのいる座敷の前でとまった。障子があき、姿を見せたのは三人の武士だった。

老齢の武士が、床の間を背にして正面に座った。痩身で、面長だった。鼻が高く、薄い唇をしていた。肉をえぐりとったように頰がこけている。水島源左衛門であろう。右手に座った若い武士と、顔が似ていた。この男が、俊次郎にちがいない。

もうひとりは、小柄で五十がらみの男だった。後で分かったのだが、水島家に仕える用人の荒木宗三郎《あらきそうざぶろう》だった。

……廊下に、何人かいる！

雲十郎は、廊下にひとの気配があるのを察知した。三人ほどいるようだ。息を殺して、座敷の様子を窺《うかが》っているらしい。

源左衛門が、仕えている家士や若党を連れてきたのだろう。いざとなったら、雲十郎たちを襲うつもりではあるまいか——。

「吉村どの、同行した方たちは」

源左衛門が、吉村を見すえて訊いた。顔がこわばり、声が震えている。

「鬼塚雲十郎にござる」

雲十郎は名乗っただけで、畠沢藩士であることは伏せておいた。もっとも、源左衛門は承知しているだろう。

「馬場新三郎でござる」

馬場も、名を口にしただけだった。

「そ、そこもとたちか、郷之助を斬ったのは……！」

源左衛門が怒りに声を震わせて言った。

「郷之助には、何度も襲われているのでな。討たねば、おれたちが殺される」

雲十郎が言った。

「うぬ！」

源左衛門の顔が憤怒で、赭黒く染まった。膝の上で握った拳が、ブルブルと震えている。

脇に座っている俊次郎も、怒りに顔を染めていた。

「叔父上、われらがここに来たのは、なぜか分かりますか」

吉村が源左衛門を見すえて言った。

「何しにきたのだ」

源左衛門が、怒鳴《どな》りつけるように訊いた。

「叔父上の陰謀《たくらみ》が、すべて露見しました。そのことを知らせにきたのです」

「なに、わしの陰謀だと！」

「はい、お京と依之助から聞きました。ふたりは、われらが匿っております」

「や、やはり、うぬらだったか」

源左衛門の顔がゆがんだ。

「お京が話しました。依之助は、叔父上の子だと」

「な、なに……！」

源左衛門の顔から血の気が引き、体の顫えが激しくなった。

「依之助が、柴崎家を継ぐことはできません。依之助とお京を、柴崎家に連れていって、兄上に会わせるつもりです。……お京は、自分の口ではっさり言うはずです」

「……！」

源左衛門は何か言おうとしたが、口が動いただけで、声にならなかった。

「叔父上、柴崎家のことより、この水島家のことを心配したらどうです。……柿沼どのが斬られた現場には、幕府の目付筋らしい者も来てましたよ」

そう言って、吉村は目付筋に訴えることを匂わせた。もっとも、いま実際に目付筋の者が動いている節はないので、吉村は今後の進展をみてどうするか考えるだけだろう。水島の悪事が公儀に露見し、罰せられるようなことになれば、親戚筋の柴崎家や吉村家の恥になるので、できれば避けたいはずである。

「そ、そんな……」

源左衛門は身を顫わせながら、廊下に目をやった。

そのとき、源左衛門の脇にいた俊次郎が、

「は、入れ！」

と、廊下にむかって叫んだ。

ガラリ、と廊下側の障子があき、廊下にいた男たちが、踏み込んできた。

すばやく、雲十郎が膝の脇に置いていた刀を手にし、膝を立てて抜刀した。居合の一瞬の早業《はやわざ》である。

雲十郎は、源左衛門に身を寄せて首筋に切っ先をむけ、

「動くな！　首を落とすぞ」

と、叫んだ。

廊下から、座敷に入ってきたのは三人だった。いずれも、抜き身を手にしてい

た。水島家に仕える家士と若党であろう。

三人は座敷に踏み込んだが、すぐに動きがとまった。

雲十郎につづいて馬場が刀を抜き、俊次郎に切っ先をむけていた。三人の男は、雲十郎たちが、源左衛門と俊次郎に切っ先をむけているのを目にしたのだ。

「源左衛門、おれたちに手出しすれば、おぬしと俊次郎を斬り、入ってきた三人を始末することになるぞ」

雲十郎の双眸が切っ先のようにひかっている。全身からするどい剣気を放ち、いまにも源左衛門の首を刎ねそうだった。

「て、手を、出すな！」

源左衛門が、悲鳴のような声で叫んだ。

雲十郎と馬場とで、源左衛門と俊次郎を人質にとり、切っ先を突き付けたまま表門のところまで連れていった。

そして、くぐりの前まで来ると、雲十郎は吉村と笠松を先に外に出し、

「源左衛門、この先、水島家がどうなるか考えるんだな」

そう言い置いて、雲十郎は源左衛門を突き放した。

雲十郎につづいて馬場も、俊次郎を突き放し、すばやくくぐりから外に出た。

雲十郎は庭先に目をやり、ゆいの姿を探したが、それらしい姿はなかった。どこかに、身を隠しているのだろう。

……案ずることはない。

そうつぶやいて、雲十郎はくぐりから外に出た。

源左衛門や家士が、追ってくる気配はなかった。

「引き上げよう」

雲十郎が、馬場たちに声をかけた。

第六章　居合の神髄《しんずい》

1

雲十郎は左手で刀の鯉口を切り、右手を柄に添えた。

腰を沈めて、居合の抜刀体勢をとると、鎖のついた分銅を振りまわす玄仙を、脳裏に浮かべた。

雲十郎が吉村たちとともに水島家に踏み込み、源左衛門に引導《いんどう》を渡してから三日経っていた。だが、始末がついたわけではない。玄仙が残っていた。玄仙を討たないうちは、始末がつかないのだ。

雲十郎がいるのは、山元町の借家の脇にある空き地だった。雲十郎は、居合で玄仙と勝負したかった。抜刀してからでは、玄仙の遣う鎖鎌に太刀打ちできないとみていたからである。

ただ、居合で鎖鎌に立ち向かうのは、むずかしかった。間合のためである。居合は抜刀したときに、切っ先がとどく間合に踏み込んでいなければ、勝負にならない。ところが、鎖鎌の鎖は、刀身よりもはるかに長い。振りまわされると、なかなか居合の間合に入れないのだ。

……十文字斬りを遣ってみる。

雲十郎が胸の内でつぶやいた。

雲十郎には、横霞と縦稲妻を組み合わせた十文字斬りという居合の必殺技があった。横霞と縦稲妻は、玄仙の遣う鎖鎌を想定した稽古のなかで遣ってみた。やはり、居合の間合に踏み込むことがむずかしく、鎖鎌には太刀打ちできないと分かった。それで、もうひとつの必殺技、十文字斬りを試してみようと思ったのだ。

雲十郎は脳裏に描いた玄仙と、およそ三間半の間合をとって対峙した。

雲十郎は刀の鯉口を切り、柄に右手を添え、居合腰に沈めた。居合の抜刀体勢をとって、脳裏の玄仙と向き合った。

玄仙は、びゅん、びゅんと分銅を振り回した。雲十郎は間合をとって、回転する分銅の外にいる。

雲十郎は全身に抜刀の気配をみなぎらせ、
タアッ！

鋭い気合を発し、すばやい寄り身で踏み込んだ。

刹那、玄仙の体が躍り、分銅が雲十郎を襲う。

間髪を入れず、雲十郎が抜きつけた。稲妻のような閃光が横にはしった。横霞である。

雲十郎は横霞から刀身を返して縦に斬り込もうとした。

横霞から縦稲妻へ——。連続してふるう太刀が十文字斬りである。

次の瞬間、玄仙の放った分銅の鎖が、雲十郎の刀身にからまった。

縦稲妻は抜き上げた刀身を敵の真っ向へ斬り下ろす。そのため、頭を狙ってはなった分銅の鎖が、刀身にからまったのだ。

玄仙は鎖を手繰り寄せ、手にした柄の長い鎌で雲十郎の首筋を斬ろうとする。

強力の玄仙は、雲十郎をぐいぐいと手繰り寄せた。

……もっと迅く身を寄せねば、駄目だ！

と、雲十郎は思った。

玄仙が分銅のついた鎖をはなつ前に、切っ先のとどく間合に踏み込まなければ勝機はない。

ふたたび、雲十郎は脳裏に描いた玄仙と三間半ほどの間合をとって対峙した。

雲十郎は居合の抜刀体勢をとると、鋭い気合を発し、さきほどより速く、居合の抜きつけの間合に踏み込んだ。

だが、雲十郎が間合を寄せる前に、玄仙の分銅は飛んできた。

……十文字斬りも遣えない！

雲十郎は気付いた。

どれだけ迅い寄り身をみせても、玄仙が分銅をはなつ方が速い。玄仙は回転させている鎖を、雲十郎の頭を狙ってはなつだけでいいのだ。

雲十郎は、もう一度、脳裏の玄仙と対峙し、十文字斬りを遣ってみた。やはり、居合の間合に踏み込む前に、分銅が飛んでくる。

居合では太刀打ちできぬ、と雲十郎は思った。

玄仙の遣う鎖鎌は、ふたつの攻撃ができる。遠間から分銅をはなって敵を攻撃し、敵が接近すれば柄の長い鎌で闘うのだ。対する居合は、抜きつけの一刀をはなつ間合に踏み込まなければ、どうにもならない。

雲十郎は、玄仙が分銅を振りまわす前に、踏み込むことも考えた。だが、それも難しかった。玄仙は敵の動きを見て、四間でも五間でも、遠く間合をとって分銅を振りまわすことができるのだ。

……鎖鎌は恐ろしい武器だ！

と、雲十郎は思い知った。

鎖鎌は、飛び道具と接近して闘う武器の両方を兼《か》ね備えているといってもいい。

ならば、こちらもふたつの武器を遣うしかない、と雲十郎は思った。二刀を遣うのである。

雲十郎は借家にもどると、大小を帯びてきた。大刀で分銅と闘い、接近したら相手の鎌と小刀で闘うのである。鎌が遣える近間なら、小刀でも威力を発揮できるだろう。

雲十郎は脳裏に描いた玄仙と、およそ四間の間合をとって対峙した。さきほどより、さらに半間ほど間合を遠くしたのである。

雲十郎は大刀の鯉口を切り、右手を柄に添えた。そして、玄仙のふりまわす鎖を脳裏に描き、踏み込もうとした。そのとき、路地の先で足音が聞こえた。

雲十郎は刀から手を離した。路地の先に、目をやるとゆいの姿が見えた。ゆいは、菅笠をかぶり、三味線を手にしていた。門付の恰好である。

ゆいは雲十郎に近付き、

「玄仙の行方が知れました」

と、小声で言った。

ゆいは水島家に忍び込んだ後、ずっと玄仙の行方を追っていたのだ。

「どこにいた」

「景山道場です」

ゆいによると、玄仙は景山道場に数日前から逗留《とうりゅう》しているらしいという。

「それに、景山だけか」

「道場にいるのは、玄仙と景山の妻女がおります」

ゆいが小声で言った。

「闘うのは、ふたりか」

「…………」

「これから行くと、遅くなるな」

すでに、陽は西の空にまわっていた。小石川まで行くと、暗くなるだろう。それに、馬場がいなかった。馬場は藩邸に出かけ、まだ帰っていない。

「明日にしよう」

雲十郎が言った。

「行くのは、馬場さまとふたりだけですか」

「そのつもりだ」

雲十郎は、ひとりの剣客《けんかく》として玄仙と勝負したかったのだ。

「わたしも、ごいっしょします」

ゆいが、きっぱりと言った。

2

雲十郎と馬場は早めに朝餉をすまし、山元町の借家を出た。これから、小石川片町にむかうのである。

雲十郎は大小を帯びていた。二刀を遣って、雲水の鎖鎌と闘うつもりだった。

「ゆいどのは」

馬場が歩きながら訊いた。

「景山道場の近くで、待っているはずだ」

ゆいは、先に小石川片町に行き、道場に景山と玄仙がいるかどうか探っているはずである。

「おれが、景山と立ち合うのだな」

馬場が言った。すでに、雲十郎は、馬場に景山と立ち合って欲しいと頼んであったのだ。

「頼む」

景山は道場主だが、老いているので、馬場が後れをとるようなことはない、と雲十郎はみていた。それに、闘いの様子を見て、ゆいが助太刀してくれるはずだ。

「鬼塚、玄仙に勝てるのか」

馬場が顔をけわしくして訊いた。

「やってみねば分からないが、玄仙の鎖鎌と勝負してみたいのだ」

「そうか」

馬場は、それ以上訊かなかった。雲十郎が、ひとりの剣客として玄仙と立ち合いたいと思っていることを感じとったのだろう。

雲十郎たちは、内堀沿いの道を通って神田川にかかる昌平橋のたもとに出た。

ふたりは昌平橋を渡り、中山道を本郷方面に歩いた。そして、加賀《かが》百万石、前《まえ》田《だ》家上屋敷の手前の道を左手におれ、小石川片町に入った。

ふたりが、景山道場から一町ほど離れたところにある稲荷の前まで来ると、赤い鳥居の脇から人影があらわれた。ゆいである。ゆいは、門付の恰好をしていたが、三味線は手にしていなかった。近くに、置いてあるのだろう。

「お待ちしていました」

ゆいが言った。

三人は稲荷の境内に入った。人目を避けるためである。

「景山道場に、玄仙はいるか」

すぐに、雲十郎が訊いた。

「います。景山も……」

「そうか」

「家の外で闘いますか」

ゆいが訊いた。

「家のなかで闘いたいが、外になるだろうな」

居合は、狭い屋敷のなかでも闘える刀法があった。だが、鎖鎌は家のなかでは遣えないはずだ。玄仙は、どんなことをしても外で闘おうとするだろう。

「庭でしょうか」

「そうなるな」

玄仙は家から飛び出して、庭で闘おうとするはずだ。雲十郎も、二刀で闘うなら、庭の方が都合がよかった。
「わたしは、先に行きます」
そう言い残し、ゆいは鳥居の脇から路地に出た。足早に景山道場にむかってい
く。おそらく、庭の樹陰に身をひそめて、雲十郎と馬場の闘いの状況をみて、加
勢するつもりなのだろう。
「馬場、おれたちも行くか」
雲十郎と馬場も、稲荷の境内から路地に出た。
雲十郎たちは景山道場の脇を通って、裏手の母屋の前に来た。戸口はあいてい
た。なかから、男の話し声が聞こえた。玄仙と景山らしい。
雲十郎は庭の樹陰に目をやったが、ゆいの姿は見えなかった。庭のどこかに身
を隠しているのだろう。
「入るぞ」
雲十郎が小声で言い、戸口から土間に踏み込んだ。
土間につづいて狭い板間があり、その先が座敷になっていた。座敷に、三人い
た。玄仙と景山、それに老女が急須を載せた盆を手にしていた。老女は、景山の
妻らしい。玄仙と景山に茶を淹れ、座敷から出ていくところだった。

玄仙が、土間に入ってきた雲十郎と馬場を目にし、

「鬼塚と馬場だ！」

と、声を上げた。

老女は振り返り、凍りついたように立ち竦んだ。

「ふね、奥へ行け！」

景山が声をかけた。老女は妻の、ふねらしい。

「は、はい……」

ふねは、慌てて右手の廊下へ出た。奥につづいている廊下らしい。

玄仙はすばやい動きで、座敷の隅に置いてあった鎖鎌をつかんだ。景山も、刀掛けの大刀を手にした。

「ふたりか！」

玄仙が大声で訊いた。

「いかにも、玄仙、勝負しろ」

雲十郎が言った。

「ちょうどいい。うぬらを始末するつもりでいたのでな」

玄仙は左手に鎌を持ち、右手で分銅の付いた鎖をつかんだ。

景山は立ち上がると、大刀を腰に帯びた。鬢や髷は白髪だったが、矍鑠《かくしやく》としてそれほど老いは感じさせなかった。剣術の稽古で、鍛えた体のせいであろう。

「ここでやるか」

雲十郎は大刀の柄に右手を添えた。

「表だ！　庭へ出ろ」

玄仙は叫びざま、右手の廊下に出た。庭に面した座敷にむかうらしい。

「わしも、庭で立ち合おう」

景山も玄仙につづいて廊下に出た。

雲十郎と馬場は、すばやく戸口から外に出ると、縁側の前に足をむけた。そこから、玄仙と景山は庭に出るはずだ。

すぐに、庭に面した障子があき、玄仙と景山が縁側に出てきた。

雲十郎は縁側から離れ、大きく間をとった。玄仙たちが、庭に出られるだけの間合をとったのである。

3

雲十郎は庭のなかほどで玄仙と対峙した。ふたりの間合は、およそ四間――。以前の立ち合いの間合より半間ほど遠かった。

馬場と景山は、雲十郎たちから四、五間離れた庭の隅で相対していた。まだ、ふたりとも刀を手にしていない。

雲十郎は、まだ刀の柄に手を添えていなかった。玄仙も、手にした鎖を垂らしたままである。

「玄仙、立ち合う前に、訊いておきたいことがある」

雲十郎が言った。

「なんだ」

「なにゆえ、水島たちに味方した」

「道場で顔を合わせていたよしみだ」

「それだけではあるまい」

道場の食客と門弟というよしみがあっても、これほどの尽力はできないだろう。

「それに、金のためもある。源左衛門どのから、手当てを得ていたのでな」

玄仙は隠さなかった。勝負すれば、どちらかが死ぬことになる。隠す必要はない、と思ったのだろう。

「やはりそうか」

雲十郎も、玄仙は報酬《ほうしゅう》を得るために、水島兄弟に味方していたのではないかとみていた。

玄仙は道場の食客という身だった。飲み食いする金にも、不自由するはずだが、町医者という触れ込みで柳橋の料亭などにも出入りしていた。その金を、源左衛門から得ていたようだ。

「なぜ、霜田どのや柿沼どのたちを斬った」

雲十郎は、吉村に味方する柴崎家の家士を始末するためだろう、とみていたが、そこまでやることはない気もしたのだ。

「おれは、源左衛門どのに頼まれただけだ」

「源左衛門は、なぜ霜田どのたちを斬ろうとしたのだ」

「吉村と柴崎を脅《おど》すためだと聞いている。吉村に味方する者たちを斬ることで、源左衛門どのの言いなりになると、みたのだな。……鬼塚、おぬしたちの命を狙ったのもそのためだ」

玄仙が薄笑いを浮かべて言った。

「ところで、鎖鎌は、どこで身につけた」

さらに、雲十郎が訊いた。

「おれは、修験者でな。諸国を旅しているときに、修行したのだ」

「そうか」

「おぬし、居合を遣うそうだな」

「いかにも」

雲十郎は、まだ玄仙に居合を遣っていなかったが、玄仙は知っているようだ。

「江戸を出るのは、おぬしの居合を破ってからにしようと思ってな」

玄仙は嘯《うそぶ》くように言い、手にした鎖をまわし始めた。

ふたりの間合は、およそ四間――。居合の抜きつけの一刀をはなつには、かなり間合をつめねばならない。

玄仙のまわす鎖は、しだいに速くなり、びゅん、びゅん、と音をたてた。

雲十郎は左手で刀の鯉口を切ると、右手を柄に添えた。そして、腰を沈め、居合の抜刀体勢をとった。

……踏み込めない！

回転する分銅が迅く、踏み込むことができなかった。

雲十郎は縦稲妻を遣って、踏み込むしかないと思った。全身に気勢をこめ、居合の抜刀の機をうかがった。

さらに、鎖の回転は速くなり、分銅を見極めるのもむずかしくなった。

雲十郎は抜刀の気配をみせ、
タアッ！

と、鋭い気合を発し、摺り足で踏み込んだ。

オリャッ！

玄仙が気合とともに体を躍らせた。ヒュン、という音がし、分銅が雲十郎の頭にむかって飛んだ。弾丸のような迅さである。

刹那、雲十郎が抜きつけ、稲妻のような閃光が縦にはしった。

迅い！　縦稲妻の神速の一刀である。

ガチッ、という金属音がひびき、雲十郎の刀身に鎖がからまった。縦稲妻は抜き上げざま刀身を真っ向に斬り下ろす技だが、雲十郎は玄仙の鎖を狙って斬り下ろしたのだ。

玄仙が、グイと鎖を引いた。強力である。雲十郎は刀を奪われまいとして、両腕に力を込めた。

「もらった!」

玄仙が、叫んだ。

玄仙はぐいぐいと鎖を手繰り寄せた。恐ろしい力である。玄仙は雲十郎を手繰り寄せ、柄の長い鎌で首を掻き斬る気らしい。

雲十郎は必死で耐えていたが、ずるずると引き寄せられていく。

雲十郎は玄仙に迫りながら、小刀を抜く間合を読んでいた。腕を伸ばして、敵の体に触れられるほど身を寄せなければ、小刀で仕留めることはできない。それは、玄仙が鎌を遣う間合でもある。

雲十郎は、ずるずると引き寄せられていく。

……あと、一尺で小刀がとどく!

雲十郎が読んだとき、玄仙に鎌を遣う気配がみえた。

すぐに、雲十郎は手にした大刀の柄を離した。

玄仙が力余って、体が後ろによろめいた。

間髪を入れず、雲十郎は一歩踏み込み、

イヤアッ！

裂帛の気合を発し、小刀を抜きつけた。

シャッ、という刀身の鞘走る音が聞こえ、閃光が逆袈裟にはしった。居合の神速の抜刀である。

その切っ先が、体勢を立て直し、鎌を構えようとした玄仙の太い首を斬り裂いた。

ビュッ、と血が赤い帯のようにはしった。玄仙の首の血管から血が噴いたのだ。

玄仙は血を撒き散らしながらよろめいた。血が驟雨《しゅうう》のように飛び散り、玄仙の身と地面を赤い斑《まだら》に染めていく。

玄仙の足がとまると、その巨軀が朽ち木《くき》のようにドウと倒れた。地面に仰臥《ぎょうが》した玄仙は巨軀を小刻みに顫わせていたが、いっときすると動かなくなった。顔が血塗《ちまみ》れだった。両眼をカッと見開いていた。阿修羅《あしゅら》のような形相である。

一瞬一合の勝負だった。

雲十郎は、倒れている玄仙に身を寄せると、……玄仙の鎖鎌を破った！

と、胸の内で叫んだ。血に染まった小刀が、かすかに震えている。まだ、雲十郎の気は昂っていた。

そのとき、馬場の鋭い気合が聞こえた。

雲十郎は、馬場と景山に目をやった。景山がよろめいている。肩から胸にかけて小袖が裂け、血の色があった。馬場の斬撃をあびたらしい。

景山は馬場との間合があくと、青眼に構えて切っ先を馬場にむけた。刀身が揺れていたが、それほどの深手ではないようだ。

馬場は、すかさず八相に構えた。その巨軀とあいまって、大樹のような大きな構えである。

……馬場が、後れをとることはない。

と、雲十郎はみた。小刀を鞘に納め、玄仙の鎖のからまっている大刀を手にして鎖をはずしてから馬場に近付いた。

ふいに、景山は刀を下ろすと、その場にどかりと腰を下ろした。

「わしの負けじゃ」

景山は、斬れ、と言って、目を瞑《つむ》った。

雲十郎は景山の前に立つと、

「馬場、景山はおれにまかせてくれんか」

と、訊いた。景山が望むなら、介錯してやろうと思ったのである。

「まかせよう」

馬場は身を引いた。

「畠沢藩、介錯人、鬼塚雲十郎でござる」

雲十郎が名乗った。

「介錯人とな」

景山は顔を上げて雲十郎を見た。

「いかにも。お望みであれば、介錯つかまつるが」

雲十郎は、景山に武士らしく腹を切らせようと思ったのだ。

「それは、かたじけない」

景山はその場に座り直した。

雲十郎は懐から懐紙を取り出すと、小刀を抜き、刀身に懐紙を巻きつけた。

「これを、お遣いくだされ」

雲十郎は、小刀を景山に手渡した。

「腹をめされる前に、お訊きしたいことがござる」

「何かな」

「そこもとのような方が、なにゆえ水島たちに手を貸したのです」

景山は直接手を出さなかったが、母屋が水島兄弟や玄仙たちの密談の場になっていたことはまちがいないし、玄仙を源左衛門に紹介したのは景山かもしれない。

「源左衛門どのには、いろいろ世話になったのでな」

道場経営がたちゆかなくなったとき、水島兄弟が門弟だったこともあって、源左衛門に援助してもらったという。

「源左衛門どのに、腕のたつ者はいないか訊かれて、玄仙を世話したのは、わしじゃ。当初は、何をするつもりか分からなかったが、郷之助や玄仙の話を聞いているうちに、大身の旗本の家を継ぐために策謀をめぐらせていることが分かった。……じゃが、見て見ぬふりをしておったのじゃ。この歳になったら、わしの出る幕はないからな」

「…………」

雲十郎は無言でうなずいた。

「では」

景山は左手で小袖の両襟をひらき、腹をあらわにした。肩口から胸にかけて馬場に斬られた傷があり、腹も血に染まっていた。

雲十郎は腰に差していた大刀を抜き、八相に構えた。馬場は介添え役として雲十郎の脇に腰をかがめている。

景山は左の脇腹に小刀の切っ先をあてると、握っている腕に力を込めて突き刺した。景山は、グッと喉のつまったような呻き声を洩らしたが、目をつり上げ、歯を食いしばって小刀を横に引いた。

刹那、雲十郎の刀が一閃した。

にぶい骨音がし、景山の首が前に垂れた。次の瞬間、景山の首根から血が赤い帯のようにはしった。首の血管から、血が噴き出したのだ。

景山は垂れた首を抱くような恰好のまま座していた。その顔が、赤い簾のように血に染まっている。

雲十郎は喉皮だけを残して、首を落としたのだ。抱き首と呼ばれる斬首である。

雲十郎は刀に血振り（刀身を振って血を切る）をくれると、静かに納刀した。

「見事だ」

馬場が感心したように言った。

「長居は無用だ」

雲十郎と馬場は、道場の方に足をむけた。

庭から出るおり、雲十郎は庭の周囲に目をやったが、ゆいの姿はなかった。先に庭から出たのかもしれない。

背後で、女の悲鳴が聞こえた。景山の妻の声らしい。雲十郎も馬場も、振り返らなかった。

4

「どうだ、もう一杯」

雲十郎は貧乏徳利を馬場にむけた。

「おお、すまんな」

馬場は湯飲みを出して、雲十郎に酒をついでもらった。

ふたりは、夕餉の後、貧乏徳利を持って縁側に出て酒を飲み始めたのだ。近くの叢で、蟋蟀《こおろぎ》が鳴いていた。涼気を含んだ夜風が、酒気をおびた肌を心地好く撫でていく。

雲十郎たちが景山道場に乗り込み、玄仙を討ち、景山を切腹させてから半月ほど過ぎていた。

この間、雲十郎は山田道場に稽古に通い、馬場は徒士として上屋敷に連日出仕していた。

馬場は湯飲みの酒を飲んだ後、

「鬼塚、聞いているか」

と、声をあらためて言った。

「何の話だ」

「水島源左衛門が、屋敷で切腹したそうだぞ」

「そのことなら、聞いている」

雲十郎は、山田道場の門弟が噂しているのを聞いたのだ。その門弟は、小川町に自邸があり、噂を耳にしたらしい。

「幕府の目付筋が動き出したのを知って、腹を切ったのではないか」

「そうらしいな」

雲十郎は、十日ほど前、吉村に会っていた。そのとき、吉村は、幕府の目付筋が柴崎家の家士が何人か斬られたことで、柴崎家と水島家を探ったようだ、と話していた。目付筋の者たちは、柴崎家の家士を斬った者たちのなかに、郷之助がいたこともつかんだらしいという。

「叔父上は、身辺に公儀の探索の手が迫っていることを知り、夜も眠れないのではないかな」

吉村は、そう言い残して帰ったのだ。

その後、源左衛門は腹を切ったらしい。

「水島家はどうなるのだ」

馬場が訊いた。

「源左衛門が腹を切ったとなると、幕府の目付たちも手を引くのではないかな。源左衛門と郷之助が死んでしまったからな。……此度の件は旗本のお家騒動のようなものだ。公儀も、これ以上手を出すようなことはあるまい」

「すると、水島家は俊次郎が継ぐのか」

「さァ……。そこまでは分からないな」

「水島家のことなど、どうでもいいか」

馬場は貧乏徳利を手にし、鬼塚、飲め、と言って差し出した。

馬場は、雲十郎が湯飲みをかたむけるのを見ながら、

「ところで、お京と依之助はどうなるのだ」

と、心配そうな顔をして訊いた。馬場は、母子のことが気になっていたらしい。

「吉村どのの話では、柴崎家に出入りさせるようなことはしないが、ふたりが暮らしていけるだけの合力《ごうりき》はするそうだよ。吉村どのが、柴崎さまに話を持ち掛けてそうなったようだ」

「吉村どのらしいな」

そう言って、馬場は相好《そうごう》をくずした。

「どうだ、藩邸の方は、ご家老も大杉さまも変わりないか」

雲十郎が、声をあらためて訊いた。雲十郎は、このところ藩邸に行ってなかったのだ。

源左衛門が腹を切ったと聞いたとき、雲十郎は、これで始末がついた、と思った。その後、すぐに江戸家老の小松に事件の報告に行くべきだったが、まだ藩邸に顔を出していなかった。

そうなったのは、ゆいが、「わたしから、ご家老にはお知らせます」と言ったので、ゆいにまかせたのだ。ゆいは、これまでも事件に動きがあると、その都度《つど》小松の耳に入れていたらしい。

「変わりない。水島が切腹したことは、おれからお頭に話しておいたよ。お頭も、これで始末がついたと喜んでいたぞ」

馬場が言った。

「そうか」

どうやら、江戸家老の小松も徒士頭の大杉も、此度の柴崎家の騒動の始末がついたことを知っているようだ。

「さァ、飲んでくれ」

雲十郎は貧乏徳利を馬場にむけた。

「おお」

馬場は湯飲みで酒を受けたが、体が揺れていた。顔も熟柿《じゆくし》のように赤く染まっている。だいぶ、酔っているようだ。

馬場は湯飲みの酒をかたむけると、フウ、と大きく息を吐き、

「おれは、寝るぞ」

と言って、腰を上げた。腰がふらついている。

「おい、気をつけろ」

「ああ……。鬼塚、飲み過ぎるなよ」

そう言い置き、馬場はふらふらしながら座敷へ入った。そのまま寝間に行って横になるのだろう。


雲十郎はひとり、虫の音を肴《さかな》に酒を飲んでいた。

夜陰のなかで、かすかな足音が聞こえた。こちらに近付いてくる。雲十郎は、その足音に覚えがあった。ゆいである。

ゆいの色白の顔が、夜陰のなかに浮かび上がった。月光を映じて、仄《ほの》かな青磁色を帯びている。ゆいは忍び装束だったが、雲十郎に会いにくるときは頭巾をしないのだ。

雲十郎はゆいが近付くと、

「ゆい、ここに腰を下ろしてくれ」

と、すぐに言った。

ゆいは雲十郎のそばに来ると、地面に跪《ひざまず》こうとする。梟組の者は、指図する立場の者にはそうするらしい。それに、縁側に並んで腰を掛けるのは、気が引けるのだろう。

「はい」

ゆいは、雲十郎と並んで縁側に腰を下ろした。

「馬場さまは」

ゆいが、訊いた。

「寝たようだ。酒を飲んで、すこし酔ったらしい」

雲十郎がそう言ったとき、奥の寝間から馬場の鼾《いびき》が聞こえてきた。

「……眠っているようですね」

ゆいが、笑みを浮かべて言った。

蟇《ひき》でも鳴いているような馬場の鼾が、庭の隅から耳にとどく蟋蟀の鳴き声と呼応するように聞こえてきた。

いっとき、雲十郎とゆいは、蟋蟀の鳴き声と馬場の鼾を聞いていたが、

「ゆい、何か話があってきたのではないのか」

と、雲十郎が訊いた。

「はい、ご家老から、雲十郎さまにお知らせするようにと、仰せつかってまいり

ました」

「どんな話だ」

「ご家老の許に、柴崎さまと奥方から礼状がとどいたそうです。ご家老は、此度の件がうまく収まったのは、雲十郎さまと馬場さまのお蔭だと仰せになり、わたしに、そのことをお伝えするよう、話があったのです」

柴崎の奥方は、小松の娘である。

「おれと馬場より、ゆいの力があったから、うまく始末がついたのだがな」

雲十郎は、此度の件の始末がついたのは、ゆいの力が大きかったと思っていた。

「わたしは、雲十郎さまや馬場さまのお手伝いをしただけです」

そう言って、ゆいは視線を膝先に落とした。

ふたりが口をとじると、蟋蟀の鳴き声だけが聞こえてきた。馬場は体のむきでも変え、鼾をたてずに眠っているのだろう。

いっときふたりは、蟋蟀の鳴き声に耳をかたむけていたが、

「もうひとつ、雲十郎さまのお耳に入れておきたいことがございます」

ゆいが、雲十郎と名を口にするのは、他人のいないところで親しさを込めて呼

ぶときだけである。

「国許のご城代からのご指図があり、今後、ゆいは江戸のご家老の許で任務にあたることになりました」

「すると、ゆいはずっと江戸に残るのか」

雲十郎の声が大きくなった。

「は、はい、雲十郎さまのおそばにいられます」

ゆいがちいさな声で答えた。

雲十郎は、よかった、と言おうとしたが、言葉が出なかった。ゆいも黙っている。

ふたりは凝としたまま、夜陰に目をむけていた。蟋蟀の鳴き声が、囃《はや》し立《た》てるようにふたりをつつんでいる。

阿修羅

一〇〇字書評

切り取り線

購買動機（新聞、雑誌名を記入するか、あるいは○をつけてください）	
□（　　　　　　　　　　　　）の広告を見て	
□（　　　　　　　　　　　　）の書評を見て	
□ 知人のすすめで	□ タイトルに惹かれて
□ カバーが良かったから	□ 内容が面白そうだから
□ 好きな作家だから	□ 好きな分野の本だから

・最近、最も感銘を受けた作品名をお書き下さい

・あなたのお好きな作家名をお書き下さい

・その他、ご要望がありましたらお書き下さい

住所	〒				
氏名		職業		年齢	
Eメール	※携帯には配信できません		新刊情報等のメール配信を 希望する・しない		

この本の感想を、編集部までお寄せいただけたらありがたく存じます。今後の企画の参考にさせていただきます。Eメールでも結構です。

いただいた「一〇〇字書評」は、新聞・雑誌等に紹介させていただくことがあります。その場合はお礼として特製図書カードを差し上げます。

前ページの原稿用紙に書評をお書きの上、切り取り、左記までお送り下さい。宛先の住所は不要です。

なお、ご記入いただいたお名前、ご住所等は、書評紹介の事前了解、謝礼のお届けのためだけに利用し、そのほかの目的のために利用することはありません。

〒一〇一 - 八七〇一
祥伝社文庫編集長 坂口芳和
電話 〇三（三二六五）二〇八〇

祥伝社ホームページの「ブックレビュー」からも、書き込めます。
http://www.shodensha.co.jp/bookreview/

祥伝社文庫

阿修羅《あしゅら》　首斬《くびき》り雲十郎《うんじゅうろう》

平成27年10月20日　初版第1刷発行

著　者　鳥羽亮《とばりょう》

発行者　竹内和芳

発行所　祥伝社《しょうでんしゃ》
東京都千代田区神田神保町3-3
〒101-8701
電話　03（3265）2081（販売部）
電話　03（3265）2080（編集部）
電話　03（3265）3622（業務部）
http://www.shodensha.co.jp/

印刷所　萩原印刷
製本所　ナショナル製本
カバーフォーマットデザイン　中原達治

Printed in Japan ©2015, Ryō Toba ISBN978-4-396-34156-5 C0193

祥伝社文庫の好評既刊

鳥羽　亮

鬼、群れる　闇の用心棒⑥

重江藩の御家騒動に巻き込まれ、攫われた娘を救うため、安田平兵衛、片桐右京、老若の〝殺し人〟が鬼となる！

鳥羽　亮

狼の掟　闇の用心棒⑦

一人娘・まゆみの様子がおかしい……。娘を想う父としての平兵衛、そして凄まじき殺し屋としての生き様。

鳥羽　亮

地獄の沙汰　闇の用心棒⑧

「地獄屋」の若い衆が斬殺された。元締めは平兵衛、右京、手甲鈎《てっこうかぎ》の朴念《ぼくねん》など全員を緊急招集するが……。

鳥羽　亮

血闘ヶ辻　闇の用心棒⑨

五年前に斬ったはずの男が生きていた⁉ 決着をつけねばならぬ「殺し人」籠手斬り陣内を前に、老刺客平兵衛が立つ！

鳥羽　亮

酔剣　闇の用心棒⑩

倅を殺され面子を潰された侠客一家が、用心棒・酔いどれ市兵衛を筆頭に「地獄屋」に襲撃をかける！

鳥羽　亮

右京烈剣　闇の用心棒⑪

秘剣〝虎の爪〟は敗れるのか⁉ 最強の夜盗が跋扈《ばっこ》するなか、殺し人にして義理の親子・平兵衛と右京の命運は？

祥伝社文庫の好評既刊

鳥羽亮
悪鬼襲来 闇の用心棒⑫
非情なる辻斬りの秘剣〝死突《しにづ》き〟。父の仇を討つために決死の少年。安田平兵衛は相撃ち覚悟で敵を迎えた！

鳥羽亮
風雷 闇の用心棒⑬
風神と雷神を名乗る二人の刺客襲来で、安田平兵衛に最大の危機が!? 殺された仲間の敵を討つため、秘剣が舞う！

鳥羽亮
殺鬼狩り 闇の用心棒⑭
地獄屋の殺し人たちが何者かに襲われた。江戸の闇の覇権を賭け、人斬り平兵衛の最後の戦いが幕を開ける！

鳥羽亮
覇剣 武蔵と柳生兵庫助
殺人剣《さつにんけん》と活人剣《かつにんけん》。時代に遅れて来た武蔵が、覇を唱えた柳生新陰流に挑む！新・剣豪小説！

鳥羽亮
真田幸村の遺言 上 奇謀
〈徳川を盗れ！〉戦国随一の智将が遺した豊臣家起死回生の策とは!? 豪剣・秘剣・忍術が入り乱れる興奮の時代小説！

鳥羽亮
真田幸村の遺言 下 覇の刺客
江戸城〈夏の陣〉最後の天下分け目の戦——将軍の座を目前にした吉宗に立ちはだかるは御三家筆頭・尾張！

祥伝社文庫　今月の新刊

内田康夫
汚れちまった道　上・下
中原中也の詩の謎とは？　萩・防府・長門を浅見が駆ける。

南　英男
癒着《ゆちゃく》　遊軍刑事《デカ》・三上謙《みかみけん》
政財界拉致事件とジャーナリスト殺しの接点とは!?

草凪　優／櫻木　充　他
私にすべてを、捧げなさい。
女の魔性が、魅惑の渦へと引きずりこむ官能アンソロジー。

鳥羽　亮
阿修羅《あしゅら》　首斬り雲十郎
刺客の得物は鎖鎌。届かぬ〝間合い〟に、どうする雲十郎！

野口　卓
遊び奉行　軍鶏《しゃも》侍外伝
南国・園瀬藩の危機に立ちむかった若様の八面六臂の活躍！

睦月影郎
とろけ桃
全てが正反対の義姉。熱に浮かされたとき、悪戯したら…。

辻堂　魁
秋しぐれ　風の市兵衛
再会した娘が子を宿していることを知った元関脇の父は…。

佐伯泰英
完本　密命　巻之七　初陣　霜夜炎返《そうやほむらがえ》し
享保の上覧剣術大試合、開催！　生死を賭けた倅の覚悟とは。